AF196680

Die Farben des Fado
Ein Roman aus Portugal

Marita & Jürgen Alberts haben sich als Autoren dieses Werkes, nach den Rechten des »Copyright, Design and Patents Act 1988«, identifiziert.

Erste Ausgabe 2004 bei Verlag Kiepenheuer & Witsch, Köln.

Diese Ausgabe erschien 2015 bei Endeavour Press Ltd.

Titelabbildung: fotolia

1. Auflage 2017
Copyright © Edition Falkenberg & Jürgen & Marita Alberts 2004
Bgm.-Spitta-Allee 31, 38329 Bremen

produktsicherheit@edition-falkenberg.de

ISBN 978-3-95494-123-0
www.edition-falkenberg.de

Alle Rechte vorbehalten. Kein Teil des Werkes darf in irgendeiner Form (durch Fotografie, Mikrofilm oder irgendein anderes Verfahren) ohne schriftliche Erlaubnis des Verlages reproduziert oder unter Verwendung elektronischer Systeme verarbeitet, vervielfältigt oder verbreitet werden. Außerdem behält sich der Verlag die Verwertung des urheberrechtlich geschützten Inhalts dieses Werkes für Zwecke des Text- und Data-Minings nach § 44 b UrhG ausdrücklich vor. Jegliche unbefugte Nutzung ist hiermit ausgeschlossen.

Marita & Jürgen Alberts

Die Farben des Fado

Ein Roman aus Portugal

Edition Falkenberg

O Sonho
Quem contar
um sonho que sonhou
nao conta tudo o que encontrou
Contar um sonho é proibido

Eu sonhei
um sonho com amor
e uma janela e uma flor
uma fonte de água e o meu amigo

E nao havia mais nada
só nós, a luz, e mais nada
Ali morou o amor

Der Traum
Wer einen Traum erzählt
den er träumte
erzählt nicht alles, was ihm geschah
verboten ist's einen Traum zu erzählen

Ich träumte
einen Traum von der Liebe
von einem Fenster und einer Blume
von einer sprudelnden Quelle und meinem Freund

Und es war nicht mehr als das
nur wir, das Licht, und sonst nichts
da blühte die Liebe auf

(Madredeus »O paraíso«,
Text von: Pedro Ayres Magalhaes)

1

Hannah suchte Deckung hinter dem Stamm eines Riesenfarns, dessen Blätter wie ein grün gefächerter Schirm über ihr schwebten. Sollte sie sich so getäuscht haben? Die Stimme des Mannes hatte am Telefon viel jünger geklungen.

Das vereinbarte Erkennungszeichen stimmte. Er trug unter dem rechten Arm eine Ausgabe von O *Século*. Hatte er nicht am Telefon gesagt, er sei im besten Alter? Was Männer sich unter dem besten Alter vorstellten, schien wohl davon abzuhängen, wie alt sie selbst gerade waren.

Hannah betrachtete den Mann, dessen Haarkranz ein paar silbrige Strähnen aufwies.

Hannah liebte diesen grünen Ort der Ruhe, der ihr gleich beim ersten Besuch in der portugiesischen Hauptstadt wie eine Atempause im hektischen Treiben vorgekommen war. Das »kalte Gewächshaus«, *estufafria*, war zu Beginn des 20. Jahrhunderts angelegt worden. Eine künstliche Pflanzenoase mitten in Lissabon, Palmen und Bananenstauden, Amaryllis, Hibiskus und Strelitzien, Rosenbäume und Liliengewächse.

Ich muss mich tatsächlich getäuscht haben, dachte sie. Diesen wohlbeleibten Endsechziger würde sie gewiss nicht ansprechen.

Sie verließ ihre Deckung und schlenderte auf schmalen Pfaden durch die exotische Pflanzenwelt.

An den Felsen wuchsen Flechten, dunkle Moose überzogen die Grotten, künstlich angelegte Wasserfälle plätscherten in schwarze Seen. Ein Flamingopärchen turtelte mit leisem Gurren, goldroséfarbenes Liebes-werben.

Bis zum nächsten Treffen blieben ihr ein paar Stunden Zeit. Kein schlechter Ort, um ein wenig nachzudenken, sagte sich Hannah. Sie wollte eine der steinernen Bänke aufsuchen und sich von dem, durch den Lattenrost gefilterten, Sonnenlicht wärmen lassen. Mit einem ausgeklügelten System von hölzernen Latten konnte das

Dach des Gewächshauses wie eine Jalousie verstellt werden, um die Lichtzufuhr zu regulieren.

Kaum hatte sie sich gesetzt, entdeckte sie den Mann. Diesmal hatte sie keinen Zweifel, das musste Fernando sein. Er trug zwar *O Século* unter dem linken Arm und war mehr als eine Viertelstunde verspätet, aber nun schien er es eilig zu haben. Vielleicht hat er anderswo auf mich gewartet, dachte Hannah. Neben dem »kalten« befand sich das »heiße« Gewächshaus, *estufaquente*, in dem Hunderte von Kakteen und tropische Bäume, wilde Orchideen und rot leuchtende Blütengirlanden zu bewundern waren.

Fernandos Stimme hatte am Telefon sehr hell geklungen. Sie schätzte ihn auf Anfang vierzig. Genau das richtige Alter. Sein weißes Polohemd war zwischen den grünen Büschen und Pflanzen gut auszumachen.

Je länger sie ihn beobachtete, desto ruhiger wurde sie. Vielleicht habe ich dieses Mal Glück, dachte sie.

Hannah ging ihm mit ruhigen Schritten entgegen. Sein schwarzes Haar und der gestutzte Schnurrbart ließen ihn elegant erscheinen.

Mit einem Mal blieb der Mann stehen. Ein Kopfnicken in ihre Richtung, ein sanftes Lächeln.

»Ich glaube, wir sind verabredet«, sagte Hannah auf Portugiesisch.

Der Mann zog geschwind die Tageszeitung unter seinem Arm hervor und hielt sie hoch. Wie ein Sieger.

»Und ich dachte schon, ich hätte Sie verpasst«, antwortete Fernando auf Deutsch. »Sie müssen mich bitte entschuldigen, aber ich bin sonst pünktlicher.« Er lächelte wieder. Hannah sah die Grübchen in seinen Wangen, und sie gefielen ihr.

»Wollen wir uns nicht irgendwo hinsetzen?«, fragte sie.

»Gerne, aber wohin?«, erwiderte Fernando. »Ich lebe zwar seit meiner Geburt in Lissabon, aber hier war ich noch nie.«

Die Stimme klang helle und freundlich.

»Das geht mir in meiner Stadt auch so.« Hannah lachte, ein wenig verlegen. »Manchmal kennen sich die auswärtigen Besucher besser als die Einheimischen aus.«

Sie hatte die Bank gegenüber dem Flamingopärchen gewählt. Noch immer ringelten die beiden gefiederten Tänzer ihre langen Hälse umeinander.

Nun trat ein Moment Stille ein.

Hannah vermied es, Fernando anzusehen. Und sie hoffte, dass auch er sie nicht mit Blicken mustern würde.

»Ich möchte mich bedanken, dass Sie gekommen sind«, begann sie das Gespräch.

»Das hatten wir ja am Telefon so ausgemacht«, antwortete Fernando. »Und wenn ich etwas zusage, dann kann man sich auf mich verlassen. Außerdem kam Ihr Anruf genau zur richtigen Zeit.«

»Woher sprechen Sie so gut Deutsch?«, fragte Hannah.

»Oh, ich war lange in Darmstadt, fast zwei Jahre. Man lernt die Sprache schnell, wenn man sie täglich gebrauchen muss. Ich liebe Ihre deutsche Sprache sehr. Sprechen Sie Portugiesisch?«, wollte Fernando wissen.

»*Um pouco*«, antwortete Hannah, »leider viel zu wenig.«

Er hatte *O Século* zusammengerollt und zwischen sich und Hannah auf die Bank gelegt. Ein Bein über das andere geschlagen. Seine leicht behaarten Hände ruhten auf seinem linken Knie.

Hannah versuchte, die Überschrift zu entziffern, was ihr aber nicht gelang. Nur die ersten beiden Wörter konnte sie lesen.

»Sie suchen also einen Reisebegleiter. Sprachen Sie nicht am Telefon davon?«

»Haben Sie so etwas schon mal gemacht?«

»Nein«, erwiderte Fernando. Er zwirbelte seinen Schnauzbart. »Aber das kann man ja ausprobieren, oder?«

»Ich möchte Portugal kennen lernen. Und mit einem Reisebegleiter geht das am besten. So reise ich immer. Allein durch die Gegend zu gondeln, finde ich nicht besonders angenehm, außerdem erfährt man viel zu wenig von den Menschen und muss alles mit sich selbst ausmachen. Darf ich fragen, was Sie von Beruf sind?«

»Ich war ... ich bin Pharmareferent, einer von den schnellen Kerlen, die durch nichts zu bremsen sind, immer auf Achse, zwanzig, dreißig Termine am Tag, Arztpraxen besuchen, Medikamente anpreisen, Ärzte bei Laune halten, viel zu oft essen gehen, ganz schön stressig ...«

»Hätten Sie denn Zeit, mich auf einer Reise zu begleiten?«, unterbrach ihn Hannah ein wenig irritiert.

Der erste Eindruck, auf den sie großen Wert legte, war angenehm. Auf jeden Fall besser als bei Amaral, mit dem sie sich gestern getroffen hatte. Der hatte gleich beim ersten Mal so unverblümt mit ihr geflirtet, dass Hannah sofort auf Distanz gegangen war. Sie dachte darüber nach, wann sie ihre Testfrage stellen wollte.

»Ich bin momentan in einer Lebenspause«, Fernando zögerte, »kann man das aufDeutsch so sagen?«

Hannah nickte. »Privat oder beruflich?«

»Beides«, antwortete Fernando, »ich habe mich vor drei Monaten von meiner Frau getrennt, nicht ganz freiwillig, muss ich dazu sagen, sie hat einen anderen mir vorgezogen. Ich bin in eine tiefe Grube gefallen, aus der ich noch nicht wieder heraus bin. Ich habe meinen Auftraggebern gesagt, dass sie momentan nicht mit mir rechnen können ... ich will noch mal was Neues anfangen. 15Jahre Pharmaindustrie sind genug. Ständig unterwegs, immer die brandneuen Medikamente in höchsten Tönen preisen, immer ein freundliches Gesicht machen, selbst wenn man von den Kunden nicht gerade nett empfangen wird. Ich kann meine eigenen Witze schon nicht mehr hören. In diesem Beruf muss man auch Entertainer sein, Komiker, Strahlemann. Mit einem Lachen verkauft sich alles besser. Wenn einer zehn Witze mehr als sein Konkurrent erzählen kann, verkauft er doppelt so gut, heißt es in der Branche. Und leider stimmt das auch noch!«

Redet vielleicht ein bisschen viel, dachte Hannah. Dass er noch mal was Neues beginnen wollte, gefiel ihr.

»Sind Sie auf der Suche nach einer Beziehung?«, fragte Hannah. Sie sah Fernando mit festem Blick an. Warum soll ich meine Testfrage nicht gleich zu Beginn stellen, dachte sie.

»Nein, nein«, wehrte der Portugiese ab, »die Wunden sind bisher nicht zugeheilt. Außerdem hoffe ich, dass meine Frau vielleicht doch noch ...« Er unterbrach sich, schaute auf die beiden Flamingos und verschränkte die Arme vor der Brust. »Ich hätteum sie kämpfen müssen, aber ich war soverletzt, dass ich mich erst einmal zurückgezogen habe. Frauen wollen ja umworben werden, geschmeichelt. Ich hätte mich mehr um sie kümmern müssen, aber der Job, verstehen Sie?«

Ihr kamen diese Sätze wie auswendig gelernt vor, als habe er sie sich für dieses Treffen zurechtgelegt.

Fernando wandte sich wieder Hannah zu. »Was verstehen Sie denn unter einem Reisebegleiter?«

Hannah antwortete, sie habe bisher nur gute Erfahrungen mit dieser Art des Zu-zweit-Reisens gemacht. »Das erste Mal war es in

Mexiko. Ist schon ganz lange her. Da ging es gar nicht anders. Wenn man dort als Frau alleine unterwegs ist, kann man sich vor Männern gar nicht retten. Die sahen mich als Freiwild an. Ständig wurde ich angesprochen, überall pfiffen und zischten sie hinter mir her. *Ola, chica, qué tal?* Ich habe damals eine Anzeige in der Zeitung aufgegeben und einen Reisebegleiter gesucht, und es hat auf Anhieb funktioniert. Seitdem mache ich das in jedem Land so. Mit einigen von ihnen bin ich sogar noch in Kontakt.«

»Wie lange soll die Reise gehen?«, wollte Fernando wissen.

»Das kann ich nicht genau sagen, aber ein paar Wochen werden es schon sein«, antwortete Hannah. »Ich will mir Zeit lassen.«

»Und wie sieht es mit der baren Münze aus?«, fragte Fernando und rieb seinen Zeigefinger am Daumen.

Hannah nannte ihm den Tagessatz, den sie zu zahlen bereit war.

Fernando zeigte sich erstaunt.

»Ich war noch nie Reisebegleiter für eine ausländische Frau, aber ich kenne das Land wie meine Jackentasche, so sagt man doch, oder? Immerhin reise ich seit 15 Jahren zwischen Trás-os-Montes und dem Alentejo. Da hat man schon einiges gesehen. Aber Sie müssen mir natürlich auch Ihre Wünsche nennen.«

Irgendetwas störte Hannah an diesem Mann, obwohl sie gar nicht sagen konnte, was es war.

»Sie haben doch bestimmt eine Visitenkarte«, sagte sie, »ich melde mich bei Ihnen, einverstanden?«

Fernando holte aus seiner Brieftasche ein Kärtchen. Neben seinem Namen war ein goldener Äskulapstab zu sehen, der von einer roten Schlange umringelt wurde. »Aber sagen Sie mir bitte auch Bescheid, wenn Sie mich nicht gebrauchen können«, bat er, »manchmal rede ich zu viel … aber das kann ich abstellen, wenn Sie es anordnen.«

»Ich rufe an«, erwiderte Hannah, »versprochen!«

Sie reichte ihm die Hand. Nun schon ganz sicher, dass Fernando nicht für sie infrage kam.

Als er gegangen war, sah sie die Tageszeitung auf der Bank liegen. Die Schlagzeile berichtete von einem Tornado, der den Mittleren Westen der USA heimgesucht hatte.

Ein paar Minuten später verließ Hannah die *estufa fria*, grüßte die Frau an der Kasse und vergewisserte sich, dass Fernando ihr nicht folgte. *O Século* warf sie in den Papierkorb.

Sie ging durch den *Parque Eduardo VII.*, der mit seinen gepflegten Anlagen bis hinunter zum *Praça Marquês de Pombal* reichte, wo mehrspuriger Autoverkehr ein Denkmal umrundete.

Seitdem sie nach Lissabon zurückgekehrt war, hatte sie sich wieder in diese Stadt verliebt, in die vielen Gesichter dieser Metropole, die ihr jedes Mal verändert erschienen. Mal lachte die Stadt sie aus, mal weinte Lissabon mit ihr, dann wieder schnitt es ihr eine Grimasse, und ab und zu erschreckte die quirlige Stadt sie auch.

Parallel zur *Avenida da Liberdade* ging Hannah durch die *Rua de São José*. Ein Sträßchen mit vielen kleinen Restaurants, die in der Mittagszeit von Büroangestellten besucht wurden. Aus offenen Türen schallten die lauten Gespräche, die Rufe der Gäste und der Kellner, das Klappern der Teller. Vor manchem Lokal wartete eine lange Schlange.

Bevor sie den *Praça Rossio* erreichte, suchte sie die Stehbar auf, in der *ginjinha* ausgeschenkt wurde.Die Schenke für alle Liebhaber dieses Kirschlikörs lag schräg gegenüber dem Nationaltheater und war ein beliebter Treffpunkt. Auf dem Pflaster lagen unzählige Kirschkerne. Mal wieder versuchte Hannah, die Farbe des milden Likörs zu beschreiben, dessen Früchte wie in einem Rumtopf schwammen. Kirschrot war es nicht, dafür war die Farbe nicht leuchtend genug, ein helles Rostrot passte schon eher, herbstrot vielleicht, oder ein blasses Scharlachrot. Jeder Schluck *ginjinha* war für Hannah ein Versprechen, immer wieder nach Lissabon zurückzukehren. Ganz gleich, welche Überraschungen die Stadt noch für sie bereithalten sollte.

In der *Rua Barros Queiros* betrat sie ihr Lieblingsrestaurant. *A Berlenga*, ein Fischlokal, in dessen Schaufenster Seespinnen und Taschenkrebse an dünnen Schnüren baumelten.

Lange las sie in der Speisekarte und konnte sich, wie so oft, nicht entscheiden. Allein die *Bacalhau*-Gerichte machten eine halbe Seite aus. Es gab den Stockfisch in vielen Variationen. *Bacalhau à Brás*, mit Kartoffeln, Zwiebeln gebraten und geschlagenen Eiern überbacken, *Bacalhau à transmontana*, mit Schinkenspeck oder Knoblauchwurst und in Weißwein, Petersilie und Tomaten geschmort, oder *Bacalhau com leite de coco*, dabei wurde der Stockfisch in mit Koriander versetzter Kokosmilch gekocht. Eine besonders raffinierte Zubereitung.

Der Ober trat immer wieder an ihren Tisch, stellte nacheinander

Brot und Butter, Oliven und Sardellenpaste vor sie hin, schenkte zum Probieren ein Glas des grünen Hausweins aus und fragte jedes Mal höflich an, ob sie nun wisse, was sie essen wolle. Dabei zählte er auch noch alle Gerichte auf, die nicht auf der Karte standen. Und das in einer solchen Geschwindigkeit, dass Hannah davon schwindelig wurde.

»Sie können natürlich auch Fleischgerichte haben«, sagte der Ober, »frisch gekochte Innereien, Würste, Koteletts …«

»Nein«, unterbrach ihn Hannah, »deswegen komme ich ja nicht zu *Berlenga*!«

Am liebsten hätte sie eine *santola* bestellt, eine Meerspinne, deren Inneres mit Senf, Curry, Zitrone und Weißwein abgeschmeckt wurde. Für eine Person war dieses Gericht jedoch zu üppig.

Als sie von der Speisekarte aufsah, war der Ober schon wieder verschwunden.

Nun entscheide dich, dachte Hannah, es kann doch nicht so schwer sein, aus all den Köstlichkeiten etwas auszuwählen.

Am Nebentisch schlugen die Gäste mit Holzhämmerchen auf die Scheren eines Hummers. Dabei spritzten kleine Teilchen auf Tischdecke und Hemden. Den fröhlichen Essern schien dies nichts auszumachen.

»Ich weiß, was Sie essen sollten«, sagte der Ober, dessen Gleichmut wirklich bewundernswert war, »haben Sie schon mal unsere *caldeira da àfragateira* probiert? Das ist ein Fischeintopf mit Schalentieren, Muscheln, Weißwein, Tomaten, Zwiebeln und frischen Kräutern, dazu wird geröstetes Brot serviert.«

»Hört sich gut an«, sagte Hannah.

»Dann bestelle ich den jetzt für Sie!«, erwiderte der Ober.

»Ist es denn nicht zu viel für eine Person?«

»Ich kann Ihnen gerne noch jemand an den Tisch setzen, der Ihnen beim Aufessen hilft. Schade, dass ich arbeiten muss.« Der Ober lachte und notierte sich die Bestellung auf einem Blöckchen.

Vom Aufzählen der vielen Gerichte war Hannah hungrig geworden. Sie strich die Sardellenpaste dick auf das dunkle Brot und biss hinein.

Ein Mann betrat das Restaurant. Er trug den knallroten Schal von *Benfica Lissabon* über seinem grauen Anzug.

Das Erkennungszeichen.

15 Uhr 30, *A Berlenga*. Ja, ich kenne den Laden, ich werde da sein. Und woran erkenne ich Sie?, hatte der Mann gefragt. Ich werde Sie ansprechen, hatte Hannah ihm am Telefon entgegnet.

Der Mann schaute auf die Uhr. Er war fast eine halbe Stunde zu früh erschienen. Er setzte sich an die Bar und bestellte *uma bica*, den kleinen, starken Mokka. Als Hannah ihm das Erkennungszeichen genannt hatte, war er ganz begeistert, *Benfica* sei schon immer sein Verein gewesen. Ein gutes Omen, hatte er betont.

Leider konnte sie ihn nur von hinten betrachten, weil er sich mit Blick zur Eingangstür gesetzt hatte. Er unterhielt sich mit dem Kellner, der an der Theke die Schalentiere auswog und dem Ober die Preise ausrechnete, damit die Gäste vor dem Essen erfuhren, was sie für die Meerestiere zu bezahlen hatten.

Hannah stand auf. Vielleicht könnten wir ja zusammen essen, dachte sie.

Ein Handy düdelte.

Der Mann zog das Telefon aus der Tasche.

Hannah blieb kurz hinter ihm stehen.

»Nein, wird leider etwas später heute. Ja, tut mir auch Leid, sag deiner Mutter, dass ich es wieder gutmachen werde, wirklich schade, ja, ich bin hier im Büro wie festgenagelt, das wird bestimmt noch bis in den Abend dauern. Viel zu viel Arbeit, ich weiß gar nicht, wo mir der Kopf steht. Ja, und grüß schön, Liebling.«

Er klappte das Handy zu und ließ es in die Jackentasche gleiten.

Hannah wich zurück. Drehte sich um. Ging zu ihrem Tisch.

Der Ober brachte den Fischeintopf. Er hatte nicht zu viel versprochen. Die Düfte, die aus der Terrine aufstiegen, waren verführerisch. Während er ihren Teller füllte, begann Hannah sich zu entspannen. Diesem Benfica-Fan würde sie nichts von dem köstlichen Gericht abgeben.

Eine viertel Stunde später stand er an ihrem Tisch, nachdem er sie eine Weile unverhohlen taxiert hatte.

»Wenn Sie mich bitte entschuldigen würden, dass ich Sie so einfach frage. Aber ich bin hier verabredet und weiß nicht, mit welcher Dame. Sind Sie das eventuell, die mich bestellt hat?«

Hannah lehnte sich ein wenig zurück, ohne den Suppenlöffel aus der Hand zu legen.

»*Não*«, antwortete sie leise.

2

Hannah stand an der Reling und beobachtete die letzten Passagiere, die an Bord der *Transtejo* kamen. Familien mit Kindern, junge und alte Pärchen, eine Gruppe italienischer Touristen, die unter großem Hallo die besten Plätze auf dem Sonnendeck eroberten.

Sie entdeckte Ernesto sofort. »Ich habe immer einen Delphin dabei«, hatte er am Telefon gesagt, »der ist nicht zu übersehen. Daran werden Sie mich ganz bestimmt erkennen.«

Ein hoch aufgeschossener, blonder Mann, eher etwas zu jung, dessen Haar in gekräuselten Wellen auf die Schultern fiel. Er trug einen silbernen Metallkoffer bei sich und rollte ein Einrad vor sich her.

»Sie müssen Hannah sein«, sprach er sie an. Er stellte Rad und Koffer ab und gab ihr die Hand, machte einen kleinen Diener und senkte seinen Kopf. Als er Hannah wieder ansah, streifte ein Lächeln sein Gesicht.

»Wie kommen Sie denn darauf?« Dass jemand sie beim ersten Treffen von sich aus ansprach, war ihr bisher noch nie passiert.

»Ich kann es spüren, wenn Menschen auf etwas warten. Also, ich bin Ernesto, der mit dem Delphin.« Er schwenkte einen silbern glänzenden Plastikfisch in der Luft.

Hannah bemerkte, wie sich umgehend Kinderaugen auf Ernesto richteten. Als halte er einen Zauberstab in der Hand.

Der Kapitän gab das Signal zum Ablegen.

Ein lang anhaltendes Tuten. Weißer Rauch stieg aus einem schmalen Rohr neben dem Schornstein.

Schon wurden die Motoren angeworfen.

Über Lautsprecher kamen die ersten Worte des Ansagers. »Wir wollen Sie heute dazu verführen, unsere Stadt vom Fluss aus zu erleben. Lissabon und Tejo bilden ja eine untrennbare Einheit. Oder könnten Sie sich unsere Stadt vorstellen ohne die in der Luft schwebenden Möwen oder ohne die Sirenen der Schiffe in der Nacht? Lassen Sie sich, während wir an der Stadt vorbeigleiten, bezaubern von der Wellenlinie der Hügel, auf denen die Paläste und die eindrucksvolle Burg thronen, von den Türmen der Kathedrale, der Kuppel der Kirche Santa Engrácia und dem Kloster São Vicente, das die Dächer der Alfama überragt.«

Hannah und Ernesto hatten am Bug die letzten zwei Plätze ergattert. Die portugiesische Flagge über ihnen im Fahrtwind.

Kaum hatte das Schiff abgelegt, begannen die Italiener zu telefonieren.

Si, mama, sono Luigi, si, si, è troppo caldo, ma bellissimo, mi piace questa città. Dove sei, avete mangiato? Während die Italienerinnen sich gegenseitig fotografierten, sprachen ihre Männer pausenlos in ihr *telefonino*, um den Kontakt zur Heimat nicht abreißen zu lassen.

»Ich bin ein bisschen aufgeregt«, sagte Ernesto, »ich habe so etwas noch nie gemacht!«

Hannah hatte nicht den Eindruck, dass dieser Mann leicht aus der Fassung zu bringen war.

»Ich habe noch nie auf eine solche Annonce geantwortet! Ich studiere zwar die Kleinanzeigen in der Zeitung immer gründlich, manchmal werden ja Unterhalter für einen Kindernachmittag gesucht, aber als Reisebegleitung für eine Frau habe ich noch nicht gearbeitet.«

Die Anzeige, die Hannah in *O Século* aufgegeben hatte, war keineswegs missverständlich gewesen:

> Für eine längere Reise
> durch Portugal
> Landsmann mit guten
> deutschen Sprachkenntnissen gesucht!
> Antworten unter Chiffre 2686

Ernesto hatte am Telefon gesagt, er arbeite als Straßenkünstler und würde sein Land ausgezeichnet kennen, schließlich sei er in vielen Dörfern und Städten schon aufgetreten.

Das Ausflugsschiff passierte die *Docade Santo Amaro*, die sich unter der riesigen Eisenbrücke befand. Durch die Gitterroste konnte man hoch oben die Autos über sich dahinrasen sehen.

»Wir unterqueren Europas größte Hängebrücke«, kam es über Lautsprecher, »die *Ponte 25 de Abril* wurde 1966 nach nur vierjähriger Bauzeit eingeweiht.« Die Zahlen waren wirklich beeindruckend: Die Brücke lag fünfundachtzig Meter über dem Fluss, war mehr als zwei Kilometer lang, verfügte über zwei Ebenen und fünf Fahrspuren. Ihre Fundamente waren fast hundert Meter tief im Flussbett verankert worden.

»Da drüben trete ich häufig auf«, sagte Ernesto und zeigte zur *Doca*, einer früheren Dockanlage, auf der sich Lokal an Lokal reihte. Bars, Straßencafés, Restaurants. »Das ist immer ein ganz lukrativer Platz für mich.«

Hannah wartete darauf, dass Ernesto fragte, was sie ihm für seine Dienste zahlen wolle. Doch den Straßenkünstler schien das nicht besonders zu interessieren. Er wollte den Grund für ihre geplante Reise wissen.

»Ich habe mich vor kurzem als Reisekauffrau selbständig gemacht«, erklärte sie Ernesto, »das geht heutzutage nur, wenn man den Blick für das Besondere hat. Es fahren ja sehr viele Deutsche in den Urlaub nach Portugal, und die großen Reiseveranstalter überbieten sich immer nur in den üblichen Programmen. Das interessiert mich nicht. Ich will den ganz speziellen Blick auf Land und Leute … und den kann ich nur durch kundige Einheimische bekommen. Verstehen Sie?«

Ernesto nickte. »So etwas wie diese Schiffsreise?«

»Ich glaube, in jedem Land gibt es jeden Tag etwas Neues zu entdecken, wenn man sich darauf einlässt. Ich möchte möglichst viele Anregungen bekommen, um dann kleine Reisegruppen durchs Land zu schicken. Dafür brauche ich später auch geeignete Reiseleiter.« Hannah beobachtete Ernesto eingehend. Sie konnte sich durchaus vorstellen, mit dem blonden Lockenkopf zu reisen. Auch wenn er ihr ein wenig zu jung war. Aber ob Ernesto ihre Erklärungen akzeptieren würde, dessen war sie sich keineswegs sicher.

Als der Ausflugsdampfer aus dem Schatten der gewaltigen Brücke herausfuhr, zog ein weißes Sportflugzeug am Himmel seine Bahn.

Nach einer Weile erreichten sie Belém. Das Schiff verlangsamte seine Fahrt. Das Denkmal der Entdeckungen, *Padrão dos Descobrimentos*, hatte die Form einer alten Karavelle. Am Bug des steinernen Monuments stand Heinrich der Seefahrer, auf zwei ansteigenden

Rampen folgten ihm Schiffsleute und Kartografen, Kapitäne und Künstler, Gouverneure und Steuerleute, Missionare und Mönche. Freundliche, meist aber ernste Mienen, in Stein gemeißelt, begierig, neue Welten zu entdecken. Ein beeindruckender Zug der portugiesischen Eroberer, die so aussahen, als führten sie nur Gutes im Schilde.

Hannah überlegte, ob sie nun ihre Testfrage stellen sollte, aber der richtige Zeitpunkt schien ihr noch nicht gekommen zu sein. Vielleicht ist er doch ein wenig zu schüchtern, dachte sie. Ernesto hielt ihrem Blick nicht länger als ein paar Sekunden stand.

»Ich habe eine Menge Freunde im ganzen Land, weil ich ja immer privat wohne, wenn ich an anderen Orten auftrete«, sagte er, »ein Hotel kann ich mir nicht leisten. Also, das würde Ihnen gewiss helfen, wenn ich Sie richtig verstanden habe. Sie könnten ja durchaus auch die Erfahrungen aller meiner Freunde nutzen.«

»Das würde gewiss helfen«, antwortete Hannah.

Der Turm von Belém tauchte auf, ein wuchtiger Quaderbau mit steinernen Wappen und schmalen Schießscharten.

»Sehen Sie dort den Kopf des Nashorns«, erklärte die Lautsprecherstimme, »den kann man nur von der Flussseite aus sehen. Diese Darstellung geht auf eine Geschichte aus dem 16. Jahrhundert zurück. Damals hat König Manuel auf dem Praça do Império ein Rhinozeros gegen einen Elefanten antreten lassen, um herauszufinden, welches das stärkste Geschöpf der Erde sei. Von dem schnaubenden Nashorn aufgescheucht, durchbrach der Elefant bereits vor dem Kampf die Palisaden und flüchtete. König Manuel wollte dem Papst in Rom das siegreiche Tier zum Geschenk machen. Aber das Schiff geriet in einen schweren Sturm, und so versank das Rhinozeros im Meer.«

Kaum hatte der Ansager die Stadt Rom erwähnt, ging ein Raunen durch die Gruppe der italienischen Touristen. Einer berichtete per Handy seiner Mama, der Papst habe soeben ein Rhinozeros geschenkt bekommen.

»Unseren deutschen Mitreisenden ist der siegreiche Dickhäuter bestimmt schon begegnet. In ihren Schulbüchern«, setzte die Lautsprecherstimme fort, »denn Albrecht Dürer hat ein Konterfei dieses gepanzerten Tieres in Holz geschnitten. Es war die erste Darstellung eines Rhinozeros in Europa.«

Ein kleines Mädchen tippte Ernesto an.

»Duuuuuu?«, fragte es, »darf ich den mal anfassen?«

Der Straßenkünstler reichte ihr den Delphin und sagte: »Er heißt Dixi und möchte gerne gestreichelt werden.«

Kaum hielt das Mädchen den Plastikfisch im Arm, kamen andere Kinder hinzu und wollten ihn ebenfalls anfassen.

»So geht mir das immer«, sagte Ernesto, »entschuldigen Sie mich, aber der Job ruft.«

Hannah war froh über die Unterbrechung.

Ernesto öffnete seinen Metallkoffer und holte verschiedene Plastik-Früchte hervor, mit denen er zu jonglieren begann. Immer wieder warf er den Kindern Birnen, Orangen oder Bananen zu und ließ sie sich zurückwerfen. Wenn er den rotwangigen Apfel in der Hand hielt, biss er jedes Mal ein Stück ab.

Im Handumdrehen war er von Zuschauern umringt.

»Jonglieren ist eigentlich ganz einfach«, rief er Hannah zu, »man muss es nur lange genug üben.«

Sie betrachtete den Straßenkünstler, der in vielen Sprachen sein Publikum amüsierte. Er konnte sogar auf dem Einrad mit brennenden Keulen jonglieren und liebte es, zunächst den Eindruck zu erwecken, er beherrsche dieses Vehikel nur sehr unvollkommen. Was die Zuschauer immer ein wenig in Schrecken versetzte.

Das Mädchen, das Ernesto zuerst angesprochen hatte, nahm ihrem Vater die Mütze vom Kopf und sammelte für den Jongleur auf dem Einrad.

Hannah erblickte den Kapitän, der auf die Kommandobrücke getreten war. Ob er den Künstler gleich vom Sonnendeck verscheuchen würde?

Er ließ ihn gewähren, war von diesem jungen Mann genauso wie die anderen fasziniert.

Am Ende klatschte auch er Beifall.

»Das ist es, was ich mache«, sagte Ernesto, ein bisschen erschöpft, als er seinen Metallkoffer wieder verschlossen hatte. Den Inhalt der Mütze leerte er in eine Kaffeedose.

»Ich bin ganz begeistert von Ihnen«, rief Hannah aus.

»Krieg ich den Job?«, fragte Ernesto, »wär mal was anderes für mich.«

Hannah wollte ihm keine Zusage machen. Noch hatte sie weitere Treffen verabredet.

Auf dem Tejo war ständig Betrieb. Containerschiffe wurden beladen, Schiffe mit aufgeblähten Segeln und Ruderboote aller Klassen zogen vorbei, Fähren kreuzten häufig den Fluss.

Als das Schiff wieder am *Terreiro do Paço* anlegte, sagte Hannah: »Ich habe ja Ihre Telefonnummer, ich rufe Sie an …«

»Ach«, erwiderte Ernesto enttäuscht. »Ich lasse Sie nicht ziehen, bevor ich Ihnen nicht mein Lieblingsplätzchen gezeigt habe. Das müssen Sie unbedingt kennen lernen. Wenn Sie eine selbständige Reisekauffrau sein wollen …«

Er ließ den Satz in der Schwebe. Hat er mir meine Erklärung also doch nicht abgenommen, dachte Hannah.

Während sie durch die Straßen gingen, erzählte Ernesto von einem Treffen der Jongleure in Südfrankreich, zu dem er in diesem Jahr fahren wollte. »Wir sind wie eine große Familie, mindestens drei Generationen. Es gibt die ganz Alten, die noch mit achtzig die Reifen tanzen lassen, und die ganz Jungen, die erst mit vier Bällen jonglieren können. Wir kommen aus allen Erdteilen zusammen und reden in hundert verschiedenen Sprachen, auch in den Sprachen, die wir nicht beherrschen. Jeder zeigt jedem seine neuesten Kunststücke, und wenn jemand sie nicht gleich beherrscht, bekommt er sie beigebracht. Es gibt keinerlei Neid oder Konkurrenz. Schön, nicht?«

Der *Miradouro Santa Catarina* lag zu dieser Tageszeit noch im vollen Sonnenlicht. Am kleinen Kiosk holten sich die Besucher ihre Getränke und setzten sich auf die Bänke und Eisenstühle. Die Aussicht war einmalig. Von hier aus konnte man die vorbeiziehenden Schiffe beobachten, auf die andere Flussseite nach Cacilhas schauen und das weiß glänzende *Monumento Cristo Rei* betrachten, jene fast 30 Meter hohe Christusfigur, aus Dankbarkeit dafür errichtet, dass Portugal vom Zweiten Weltkrieg verschont blieb. Wie in Rio de Janeiro war der segnende Christus ein Wahrzeichen der Stadt. Der nicht abreißende Strom von Autos, der sich über die riesige Hängebrücke schob, war von hier nur zu sehen, aber nicht mehr zu hören. Der Wind entführte die Geräusche mit sanfter Hand.

Ernesto hatte *pastéis de nata*, köstliche Eierkuchen, mitgebracht und zwei *café com leite* bestellt.

»Hier komme ich immer her, wenn ich mich entspannen will. Ab und zu jongliere ich auch für die Freunde, aber eigentlich lasse ich auf dem Santa Catarina nur meine Seele baumeln. Ich wohne auch ganz in der Nähe. Wenn Sie wollen, können wir nachher bei mir noch etwas trinken.«

Ernesto schien alle zu kennen, und alle kannten ihn. Jeder, der an ihrem Tisch vorbeikam, rief ihm etwas zu. Die Kinder warfen Bälle, die es gar nicht gab, in die Luft, nur damit er endlich seinen Metallkoffer öffnete und für sie jonglierte.

Ernesto ließ sich nicht erweichen.

»Ich liebe es nicht, mich ständig wiederholen zu müssen. Da kommt viel zu schnell Routine auf. Wenn ich fünfmal am Tag meine Kunststücke gezeigt habe, dann ist es genug, finden Sie nicht? Wie lange waren Sie denn im Reisebüro angestellt?«, fragte er.

Hannah stand auf.

»Ich melde mich, ganz bestimmt.« Sie hatte es plötzlich sehr eilig.

»Schade, ich hätte Sie gerne noch zum Abendessen eingeladen«, sagte Ernesto, »ich kenne hier um die Ecke ein kleines Lokal mit einfacher Küche, das wird Ihnen bestimmt gefallen.«

»Vielleicht ein anderes Mal«, antwortete Hannah.

Sie wollte den Sonnenuntergang nicht verpassen. Und den erlebte sie immer gerne am *Castelo de São Jorge*.

Ernesto beschrieb ihr den Weg zur nächsten Haltestelle der Straßenbahnlinie 28 und verabschiedete sich. Nicht ohne der Deutschen das Versprechen abgenommen zu haben, sich möglichst bald zu melden. »Am besten morgens, da bin ich immer zu Hause zu erreichen! Aber nie vor zehn Uhr anrufen!«

Hannah liebte die *électrico No. 28*.

Die altmodische Tram ratterte von ihrem Ausgangspunkt, dem Friedhof *Prazeres*, was »Vergnügungen« heißt, durch die Gassen des *Chiado* hinab zur *Baixa* und wieder hinauf durch die steilen, engen Gassen der *Alfama* bis zum *Largo da Graça*. Immer wieder bekamen die Reisenden das Gefühl, die Elektrische würde bei der nächsten Steigung versagen oder die Bahn würde die nächste Hauswand rammen. Häufig mussten Fußgänger sich in Hauseingänge flüchten. In zuckelnder Fahrt ging es mit quietschenden Eisenrädern nur langsam bergan. Dazwischen lautes Gebimmel, wenn ein Autofahrer nicht schnell genug die Straße räumte. Und immer wieder scharfes Abbremsen. Die Bezeichnung des Wagenführers stammte noch aus alten Zeiten: *guarda-freio*, der Bremsenwärter. Bremsen war bei diesem Gefährt wichtiger als Beschleunigen.

Vom *Largo da Graça* gelangte Hannah zu Fuß hinauf zum *Castelo*.

Ihr ging Ernesto nicht aus dem Kopf.

Erst jetzt fiel ihr auf, dass sie vergessen hatte, ihre Testfrage zu stellen. Hatte er überhaupt eine Freundin erwähnt? Oder etwas von einer Beziehung gesagt? Auf jeden Fall hätte er sie gerne auf ihrer Reise begleitet, so viel stand fest. Aber würde er ihre Erwartungen erfüllen können?

Etwas außer Atem erreichte sie den Innenhof der weitläufigen Festungsruine. Glück gehabt, dachte sie, noch hatte die Verfärbung des Sonnenballs nicht eingesetzt.

Es waren die Blicke, die Hannah seit jeher faszinierten, selbst dann, wenn sie von keinem Rahmen begrenzt waren. Die Aussichten, die Fernsichten, die Weite des Himmels, der endlose Horizont, das lautlose Treiben in der Ferne, die vorbeiziehenden Möwen. Der erhabene Blick, losgelöst auf allem ruhend, der intensive Blick, wenn etwas sie in Bann zog und sie sich nicht mehr entziehen konnte, die Ruhe und die Kraft eines Blickes, wenn alle Anspannung von ihr abfiel und sie sich im Schauen verlor. Ohne an die Schrecken denken zu müssen, die hinter ihr lagen.

Wie immer setzte Hannah sich auf die äußerste Ecke der breiten Festungsmauer, verschränkte die Beine zum Schneidersitz und genoss das Abendlicht. Hier zu verweilen und zu warten, dass der Sonnenball sich rot färbte, dieses ganz spezielle Sonnenglutrot, das so schwer einzufangen war, bedeutete für Hannah den Anfang allen Glücks. Auch damals hatten sie an jenem Platz gesessen und sich geschworen, nie wieder von hier wegzugehen.

An diesem Abend lag ein leichter Dunstschleier über Lissabon, so dass jenseits der gewaltigen Brücke der Fluss kaum noch zu erkennen war. Das Eisenmonstrum schien jetzt über dem Tejo zu schweben, als sei es aus luftigem Schaum erbaut.

»Das kann kein Zufall sein, dass wir uns hier wieder treffen«, sagte eine Männerstimme, die Hannah herumfahren ließ. »Sie wollten sich doch melden?! Sie untreue Apfelsine, so sagt ihr Deutschen doch, oder? Ich melde mich, ganz bestimmt. Das waren Ihre Worte!«

In seiner Stimme schwang ein Vorwurf mit. War das nicht der Mann, der sich als Don Eberhardo vorgestellt hatte? Hieß er nicht so? Hannah hatte ihn längst von der Liste der Kandidaten gestrichen.

Sie erwiderte nichts.

»Ich bin sogar schon für Sie tätig geworden und habe im Alentejo einen Winzer ausfindig gemacht, der sehr daran interessiert ist, seinen Wein über Ihre Firma direkt in Deutschland zu verkaufen. Das bedarf einer schnellen Entscheidung von Ihnen. Wenn Sie wollen, können wir gleich morgen hinfahren. Ich bin bereit.«

Don Eberhardo rieb sich die Hände, als habe er gerade ein gutes Geschäft abgeschlossen. Eigentlich war er kein Portugiese, sondern ein Spanier, der die meiste Zeit seines Lebens in Malaga verbracht hatte.

»Ich habe Sie nicht vergessen«, sagte Hannah. Sie vermied es, seinen Namen auszusprechen. Vielleicht hieß er ja doch nicht Eberhardo. »Ich habe mich noch nicht entschieden. Wird aber bestimmt nicht mehr lange dauern, ich melde mich dann …«

»Haben Sie heute Abend etwas vor?«, fragte der Mann rasch. Sein schmales Gesicht hatte Hannah bereits beim ersten Treffen an einen Raben erinnert.

»Ja, schon vergeben«, antwortete Hannah.

Sie wandte sich wieder dem Sonnenuntergang zu.

Ob er spürt, dass ich lieber alleine hier sitze, dachte sie. Das wäre auch ein guter Test für meinen zukünftigen Reisebegleiter.

Nach einer Weile hörte sie: »Und nicht vergessen, sich zu melden, Sie untreue Apfelsine!«

Der Sonnenball färbte sich dunkelrot.

Viel intensiver, als an den Abenden zuvor.

3

Hannah liebte diesen Gang zwischen den Weltmeeren. In wenigen Minuten konnte man vom tropischen Indischen Ozean zum kühlen Nordatlantik gelangen, vom moderaten Pazifik zur eiskalten Antarktis. Vier Meere in einem Gebäude, was für ein seltenes Vergnügen.

Sie hatte sich hinter die Scheibe des Zentraltanks gesetzt, um den Mann mit dem weißen Hut besser beobachten zu können. Durch die dicken Glaswände verzerrten sich seine Proportionen. Mal schien er schmal und riesig, dann wieder gedrungen und breit. Er schaute dem Treiben im haushohen Aquarium zu, in dem sich Makrelenschwärme, Stachelrochen und Barrakudas tummelten. Sein Augenmerk schien einem Hai zu gelten, denn sein Blick folgte dessen Bewegungen, wo immer dieser Fisch auch hinschwamm. Als interessiere ihn einzig so ein gefährliches Tier.

Hannah hatte sich mit Amando im *Oceanário* verabredet. Seit der Expo 1998 gab es dieses Meereswunder in Lissabon. Über zehntausend Fische, Vögel, Säugetiere und Reptilien, dreihundert verschiedene Arten. Manchmal beschlich Hannah das Gefühl, dass die Fische ihre Besucher mit dem gleichen Interesse betrachteten, wie die Kinder und Greise, die sich die Nasen an den Glaswänden platt drückten und immer wieder aufs Neue erstaunt mit offenen Mündern dort stehen blieben. Schon bei ihrem ersten Besuch hatte Hannah Stunde um Stunde vor den 30 Aquarien verbracht. Erst als eine freundliche Angestellte ihr sagte, in zehn Minuten werde das Ozeanarium schließen, war sie aus ihrem Meerestraum erwacht.

»Ich trage immer einen weißen Hut«, hatte Amando zu ihr am Telefon gesagt, »den können Sie nicht so leicht übersehen.« Wie Ernesto hatte er das Erkennungszeichen selbst bestimmt. Hatte nicht mal gefragt, woran er sie denn erkennen könne.

Ein Mann mit einem weißen Hut war nicht gerade das, was Hannah sich vorstellte. Wollte wohl immer und überall auffallen. Seine Stimme hatte beim ersten Anruf sehr selbstbewusst geklungen.

Wenn sich Interessenten auf ihre Chiffre-Anzeigen meldeten, Hannah ließ sich die Briefe ins Hotel bringen, studierte sie ausführlich die Schreiben, mit denen sich die Männer bewarben. Nur wenige schrieben noch mit der Hand, was Hannah besonders mochte. Aus der Handschrift glaubte sie vieles ablesen zu können. Wenn ihr eine Antwort gefiel, griff sie zum Telefon und verabredete Treffpunkt und Erkennungszeichen. Manch einer pries sich in höchsten Tönen an: »Ich kann Ihnen versprechen, dass Sie eine Reise mit mir niemals vergessen werden.« Andere blieben einzeilig: »Ich bewerbe mich hiermit um den von Ihnen angebotenen Job!« Der Pharmavertreter Fernando hatte geschrieben: »Da ich berufsmäßig viel unterwegs sein muss, könnte ich Sie einfach auf meinen Fahrten durchs Land mitnehmen.« Und von Ernesto stammte der Satz: »Ich jongliere mich durchs Leben, das könnte ansteckend sein. Vielleicht auch für Sie.«

Hannah erhob sich und folgte dem Mann.

»Ich glaube, wir sind verabredet«, sagte sie auf Portugiesisch.

Als Amando sich umdrehte, erschrak Hannah so heftig, dass sie sich an das Aquarium anlehnen musste. Konnte es tatsächlich so eine Ähnlichkeit geben?

»Dann müssen Sie Hannah sein! Darf ich so sagen?«, Amando lüpfte den Hut. Sein volles schwarzes Haar kam zum Vorschein. Leicht gekräuselt. Die Augenbrauen buschig, ebenfalls pechschwarz.

Nun konnte sie sein ganzes Gesicht sehen, was ihren Schreck keineswegs milderte.

»Kommen Sie mit«, sagte Amando, »ich habe etwas entdeckt, das muss ich Ihnen unbedingt sofort zeigen.«

Wie betäubt folgte sie ihm.

Ein Zwillingsbruder?

Ein Doppelgänger?

Vor diesem Mann würde sie sich in Acht nehmen müssen, so sehr sie sich augenblicklich zu ihm hingezogen fühlte.

Sie gingen einen Stock tiefer. In einem Teil des Untergeschosses lagen die dunklen Aquarien, schwarzen Fenstern gleich, in denen seltenes Meeresgetier in leuchtenden Farben angestrahlt wurde.

Amando blieb vor einem Aquarium stehen, in dem eine durchscheinende Qualle schwamm. Wie eine tausendarmige Schlingpflanze ragten ihre langen weißen Fäden durchs Becken, ein filigranes

Kunstwerk im Schattenlicht des Wassers. *Sea-nettles*, war auf einem Schild zu lesen, See-Nesseln. Hannah hatte diese Bezeichnung noch nie gehört.

»Haben Sie so etwas Schönes schon mal gesehen? Ich nicht. Wie gut, dass Sie mich hierher bestellt haben.«

Obwohl sie das *Oceanário* gut kannte, ließ sich Hannah von der Begeisterung Amandos anstecken, freute sich daran, als er Seepferdchen und Mantas, Muränen und Seeanemonen betrachtete, und erlebte so ihren Meerestraum mit seinen Augen ein weiteres Mal.

Lange beobachteten sie im Pazifikbereich ein Seeotter-Pärchen, das schlafend auf dem Wasser trieb. Ab und zu stießen die beiden gegeneinander, ohne jedoch aufzuwachen. Ihre Körper rollten beständig von einer Seite zur anderen. Eltern hatten große Mühe, ihre Kinder von diesen Seeottern wegzubekommen.

Hannah zeigte Amando die Rockhopper-Pinguine, deren farbige Härchen am Hinterkopf zu Berge standen. »Ich habe mich in *Seaworld* in Florida vor einigen Jahren in die Pinguine verliebt«, sagte sie, »seitdem muss ich überall hin, wo es Pinguine gibt.«

»Ich dachte, Sie wollten Portugal kennen lernen?« Amando lachte. Und auch sein Lachen berührte Hannah auf doppelte Weise. Anziehend und abweisend zugleich.

So wandelten die beiden zwei Stunden zwischen den Meeren, setzten sich immer wieder vor die große Glasscheibe des Zentralaquariums, bewunderten die eleganten Bewegungen und die Farbenvielfalt der Fische und wiesen sich gegenseitig auf ihre Entdeckungen hin.

Irgendwann fragte Amando, ob Hannah eigentlich nur eine Begleitung für diesen Tag gesucht habe. »Aber auch dafür möchte ich mich jetzt schon bedanken. Wenn ich früher gewusst hätte, was für ein Reichtum mich hier erwartet ...«

Hannah lud ihn in ein Straßencafé auf dem früheren Expo-Gelände ein.

»Es ist doch immer wichtig«, begann sie, nachdem sie für beide bestellt hatte, »wie man etwas entdeckt. In welcher Weise jemand auf etwas Neues reagiert. Ob einen vieles kalt lässt oder plötzlich das Herz wärmt.«

»Ach, Sie testen mich!«, sagte Amando. Und seine Worten klangen keineswegs beleidigt.

»Die ganze Zeit schon«, erwiderte Hannah.

Der Kellner brachte Kaffee und belegte Baguettes. Hannah bestand darauf, gleich die Rechnung zu bezahlen.

»Ich arbeite als Reisejournalistin.« Sie riss das längliche Zuckertütchen auf, schüttete sich etwas Zucker in den Kaffee und gab Amando die andere Hälfte.

Etwas irritiert nahm der Portugiese das Zuckertütchen an.

Was mache ich denn?, dachte Hannah. Sie begriff sofort, was ihr gerade unterlaufen war.

»Also, ich arbeite als Reisejournalistin«, setzte sie zum zweiten Mal an, »ich möchte das Land hinter dem Land kennen lernen. Dazu brauche ich einen einheimischen Reisebegleiter, der mir Portugal näher bringt. Es geht mir um den besonderen Blick auf das Verborgene, auf das Nichtbeachtete. Das Offensichtliche interessiert mich nicht, das kann man ja wohlfeil überall nachlesen.«

»Für welche Zeitungen arbeiten Sie denn?«, fragte Amando. Sein weißer Hut saß etwas schief, leicht nach hinten in den Nacken geschoben. So wie es Jean-Paul Belmondo in seinen frühen Filmen gemacht hatte.

»Kennen Sie sich da aus?«, wollte Hannah wissen.

»Ein wenig schon«, erwiderte Amando. »Ich glaube, in gewisser Weise arbeiten wir in der gleichen Branche.«

»Wie meinen Sie das?« Sie erschrak.

»Ich arbeite auch im Printgewerbe. Als Buchvertreter für einige Verlage in Lissabon, handele nebenbei mit portugiesischen und deutschen Lizenzen, kenne deswegen einige Leute im Verlagswesen ganz gut. Aber ich schreibe selbst nicht … Deswegen fragte ich …«

Dieses Zögern kam Hannah bekannt vor, beinahe vertraut.

»Ab und zu arbeite ich für *National Geographic* oder für *GEO*.« Hannah war bei dieser Antwort etwas mulmig. Auch wenn sie stimmte, zum Teil wenigstens.

Amando zeigte sich beeindruckt, er kenne die beiden Zeitschriften natürlich seit langem, aber niemanden, der dort beschäftigt sei.

Hannah war erleichtert über diese Antwort. Keineswegs hatte sie Amando beeindrucken wollen.

»Ich bin immer auf der Suche nach etwas Neuem«, sagte er.

Während Hannah vor lauter Aufregung ihr Baguette schon verspeist hatte, hatte Amando noch keinen Bissen angerührt.

»Ich suche portugiesische Autoren, die für den deutschen Markt geeignet sein könnten, ich suche neue Vertriebswege für die Bücher der Verlage, die ich vertrete. Und ich lerne ständig Leute auf den kleinen Buchmessen überall im Lande kennen. In Leipzig und Frankfurt repräsentiere ich sogar einige der kleineren Verlage aus Porto ... Kennen Sie eigentlich Porto?«, fragte Amando unvermittelt. »Da müssen Sie hin. Das ist eine viel lebendigere Stadt als Lissabon ... Da komme ich her ... Aber hier verdiene ich eben mein Geld.«

So wie er von sich sprach, sein Deutsch war ohne jedes Zögern, beschlich Hannah das Gefühl, als würde sie Amando schon geraume Zeit kennen.

»Sind Sie auf der Suche nach einer Beziehung?«, fragte sie.

Amando schaute sie verdutzt an.

Er fuhr sich mit dem Zeigefinger über die Unterlippe.

»War das eine Bekanntschaftsanzeige, die Sie in O *Século* aufgegeben haben? Da muss ich mich verlesen haben, entschuldigen Sie ...« Nun griff er zu dem Schinken-Baguette und biss hinein.

»Nein, nein, verstehen Sie mich nicht falsch«, unterbrach ihn Hannah, »ich suche tatsächlich nur eine Reisebegleitung, einen *native speaker* mit dem Blick für das Besondere im eigenen Land, ich suche keine Beziehung«, Hannah sah Amando lange an und setzte dann hinzu: »Keinesfalls!«

»Ich lebe allein, ganz gerne übrigens, aber trotzdem bin ich nicht auf der Suche nach einer Frauenbekanntschaft! Das können Sie von mir schriftlich haben, wenn Sie darauf bestehen.«

Nun lachten sie. Beide.

»Ich rufe Sie an«, sagte Hannah und stand abrupt auf, »in den nächsten Tagen, ganz bestimmt.«

Im Weggehen hob sie die Hand und winkte Amando zu.

Sie traute sich nicht, ihn noch einmal anzuschauen.

Als Hannah im Bahnhof *Oriente* in die Metro stieg, war sie immer noch ein wenig benommen. Ihr Aufbruch erschien ihr jetzt so, als sei sie vor Amando geflohen.

Hättest du ihm nicht wenigstens sagen können, dass du ihn in die engere Wahl ziehst, dachte sie.

Wie er gelacht hatte. Diese Kinderfreude. Ganz anders als bei Ernesto, für den sie sich eigentlich schon entschieden hatte. Der Jongleur würde auf der Reise mit seinen Kunststücken beschäftigt sein, der brauchte die Straße, das Publikum, der würde ihr genügend Freiraum lassen. Der war der ideale Reisebegleiter und bestimmt zur Stelle, wenn sie ihn brauchte.

Aber nun Amando.

Ein reizvolles Spiel.

Bei dieser Ähnlichkeit musste sie auf der Hut sein, konnte sich keinen unüberlegten Schritt erlauben. Amandos Sprechweise, wie er die Worte wählte, seine Art zu lächeln, wie er sich über die Unterlippe strich …

Ein Mann stand vor ihr und streckte seine Hand aus. »*Desculpe senhora.*«

Hannah drehte den Kopf zur Seite. Sie wollte nicht gestört werden, nicht gerade jetzt.

Den Mann kannte sie nicht.

»Gehört das Ihnen?«

Nun erst sah sie, dass er etwas in der rechten Hand hielt.

Ihr Portemonnaie.

»Das ist Ihnen aus der Tasche gefallen, als Sie Ihr Ticket gelöst haben.« Er machte eine entschuldigende Geste. »Ich musste durch den ganzen Zug laufen, um Sie zu finden.«

Hannah durchfuhr ein solcher Schrecken, dass sie nur ein paar Dankesworte stammeln konnte. *Muito obrigada!*

Sie öffnete den Geldbeutel.

»Es ist noch alles da!«, sagte der Mann, »machen Sie sich darum keine Sorgen.«

Hannah schüttelte den Kopf.

Als sie ihm einen Geldschein geben wollte, lehnte er ab. »Dafür brauchen Sie mir doch nichts zu zahlen!«

Bei der nächsten Station stieg der Mann aus, nicht ohne ihr freundlich zuzuwinken.

Hannah drückte sich tiefer in das Polster.

Wo war die Telefonnummer von Amando? Sie suchte in ihrer Handtasche. Fand sie auch gleich. Am liebsten hätte sie ihn sofort angerufen, um ihm mitzuteilen, dass sie entschlossen sei, es mit ihm zu versuchen.

Kurz bevor sie die letzte Nummer in das Handy eingetippt hatte, hielt sie inne. Wie soll ich erklären, dass ich ihn vor ein paar Minuten noch … Hannah war völlig durcheinander.

Sie steckte das Handy wieder ein, faltete den Zettel mit seiner Telefonnummer und schob ihn hinter die Geldscheine.

Erst jetzt begann ihr zu dämmern, dass sie beinahe ihr Portemonnaie verloren hätte. Du musst einen kühlen Kopf behalten, dachte sie.

Hannah stieg am *Praça Rossio* aus der Metro.

Der Platz war, wie immer, vom Verkehr umtost. Seit der Umgestaltung schien es dort noch hektischer zuzugehen.

Vor Jahren hatte Hannah noch gelassen das Treiben im Café Nicola genossen, wo die geschwinden Kellner hin-und hereilten, um den Besuchern die Mokkatässchen zu bringen. *Uma bica, faz favor,* so schallte es ständig durch den Raum, *uma bica, faz favor.* Inzwischen war das Café modernisiert worden und hatte von seinem Flair ein wenig verloren.

Ob Antonio schon in der Galerie war?

Hannah schaute auf die Uhr.

Ich könnte es versuchen, dachte sie.

Mit dem stählernen Aufzug, der den Namen *Glória* trug, gelangte sie ins *Bairro Alto.* Die Oberstadt.

Ihr Puls ging so schnell, dass sie einige Male innehalten musste. Dabei war sie es gewöhnt, lange Strecken zu Fuß zu gehen. Stets auf der Suche nach dem besten Blick.

Was soll ich Antonio sagen?

Er würde froh sein, wenn sie nun endlich diese Reise beginnen würde. Endlich, nach so langem Zaudern.

Auf jeden Fall wollte sie ihm diese ungeheure Ähnlichkeit verschweigen. Die wollte sie für sich behalten. Sonst würde Antonio ihr gewiss von diesem Kandidaten abraten.

Du hättest es einfacher, wenn du Ernesto mit auf die Reise nehmen würdest, sagte sie sich. Der war bestimmt viel unkomplizierter, der hatte seine eigene Welt, und lustig würde es mit diesem Jongleur und Lebenskünstler auf jeden Fall werden.

Antonios Galerie lag direkt an der *Praça Camões,* in der Verlängerung der *Rua Garrett.* Wie oft hatten sie im *Café Brasileiro* gesessen und in Gegenwart der Statue von Fernando Pessoa grünen Wein getrunken? Ihr Blick ging wieder zu dem eisernen Gast, der dort auf immer am Tisch saß. Auch der Dichter trug einen Hut, der war jedoch aus schwarzem Metall.

Fechado stand auf dem kleinen Schild, das an der Tür baumelte.

Die Galerie war noch geschlossen. Muss ich eben warten, bis Antonio kommt, dachte Hannah.

Sie ging die Treppenstufen, über die man zur Galerie gelangte, wieder hinab.

Irgendwann würde sie Amando einweihen müssen. Aber welcher Zeitpunkt dafür richtig war, konnte sie nicht abschätzen.

Hannah setzte sich an den Tisch neben Fernando Pessoa. Seine Miene kam ihr jedes Mal verändert vor. An diesem Nachmittag erschien der eiserne Dichter überaus verlegen. Als befinde er sich an einem falschen Ort.

»Sie wünschten einen *vinho verde*!«, sagte Antonio und stellte das Glas vor Hannah ab. »Ich habe dich schon von weitem kommen sehen. Wolltest du zu mir?«

Hannah nahm einen langen Schluck, bevor sie antwortete.

»Ich habe den Richtigen gefunden!«

Antonio hob die Augenbrauen.

»Das ist ja wunderbar, endlich.« Über sein Gesicht ging ein Leuchten. Er nahm ihre beiden Hände und schüttelte sie. »Bist du sicher?«

»Ich glaube schon!«, antwortete Hannah. »Ich hoffe es …«

4

Sieh Sintras glorreich Eden dort sich heben,
die starren Felsen morsche Klöster tragend,
des Berges Moos, vom Sonnenbrand gebräunt,
der weiße Korkbaum, Klüfte überragend,
das tiefe Tal, das sonnendurstig weint,
die ruhige Flut, die bläulich widerscheint,
der Äste Grün, durch goldne Frucht gehoben,
der Sturz des Bergstroms, der dem Tal sich eint,
die Weidenbüsche drin, der Weinstock oben –
glühn hier zu einem Bild in bunter Pracht vereint.

Sie standen vor einem alten Ginkgo-Baum und hielten einen Augenblick den Atem an. Die Pracht seiner grünen Blätter, ihre doppelt gerundete Herz-Form, das mächtige Dach, das der Baum über ihnen bildete, faszinierten Hannah und Amando gleichermaßen.

»Es gibt Leute, die kommen eigens im Herbst hierher, nur um zu erleben, wie der Baum seine Farbe wechselt, fast wie ein Chamäleon«, las Amando vor, »vom Rand her werden dann die Blätter buttergelb und leuchten im Sonnenlicht, dass einem ganz schwindelig davon werden kann. Wer dies einmal selbst erlebt hat, wird süchtig danach.«

Sie drangen tiefer in den Garten von Monserrate ein. Auf den Steinen wucherten Moose, die Wege wurden von Riesenfarnen beschützt, viel höher als jene in der *estufa fria*, die Hannah so liebte und gerneals Unterstand benutzte, bevor sie sich mit einem Interessenten traf.

Sie hatte Amando um eine Probereise gebeten. »Lassen Sie es uns doch einfach einen Tag miteinander versuchen«, hatte sie ihm am Telefon vorgeschlagen, »so können wir am besten herausfinden, ob wir zusammen reisen können.«

Amando hatte der Vorschlag durchaus gefallen. »Gute Idee! Sie sagen mir, wohin es gehen soll, und ich bereite mich ein wenig vor.«

Im Englischen gebe es ein Sprichwort, das ihm schon immer gefallen habe: »*The taste is the proof of the pudding*!«

Sie gingen vorbei an Efeu und Palmen, Korkeichen und Redwood-Bäumen, weiß blühenden japanischen Kamelien und violetten Fuchsien. Immer wieder versuchte Hannah, sich die Farben einzuprägen. Die Farben, die so sehr ihr ganzes Leben bestimmten. Farben waren für sie Signale, Wegweiser, alltägliche Nahrung. Manchmal hatte ihr der Blick auf das leuchtende Rot einer Hibiskus-Blüte über einen Tag geholfen.

Amando hatte sich umgehend einen Reise-und Kunstführer besorgt, als er hörte, die Probereise solle nach Sintra gehen. »Leider kenne ich mich gerade da nicht besonders aus«, hatte er Hannah am Telefon gestanden, »aber dann werden wir eben gemeinsam auf Entdeckungsreise gehen.« Er wolle das vorgeschlagene Reiseziel als Herausforderung ansehen. Auch wenn ihm nur zwei Tage Zeit zur Vorbereitung blieben.

Das Gedicht von Lord Byron über den Park von Monserrate, das Amando vorgelesen hatte, gefiel Hannah. Überaus schwärmerisch, in Hochstimmung verfasst, romantisches Empfinden, die Naturschönheiten in der Umgebung von Sintra anpreisend. Der englische Schriftsteller hatte 1812 diesen Hymnus geschrieben. *Glorious Eden*, so nannte er dieses verwunschene Stück Erde. Ein englischer Landschaftsgarten mit einer exotischen Note.

»Sie hören mir ja überhaupt nicht zu«, sagte Amando und klappte den Reiseführer zu.

»Das täuscht«, erwiderte Hannah, »ich bin ein Augenmensch. In so einem Garten kann ich mich nicht satt sehen. Haben Sie die ungeheure Tiefe dieses Parks schon bemerkt? Man wird förmlich hineingezogen. Als wollten die tausend Grüns gar nie enden. Je weiter man blickt, desto stärker zieht es einen an. Es kommt mir so vor, als versteckten sich manche Bäume hinter anderen Bäumen.«

Hannah drehte sich um und lächelte Amando an. »Erzählen Sie ruhig weiter. Ich höre gerne Ihre Stimme.«

»Als Lord Byron nach Sintra kam, war er völlig mittellos. Sein großspuriger Lebenswandel hatte ihn mal wieder ruiniert. Die Reise hierher finanzierte er dadurch, dass er ziemlich dreist einen Freund beraubte. Er hatte die ganze Nacht mit Scrope Davis gezockt und gezecht. Zu Hause angekommen, hatte der betrunkene Freund seinen hohen Spielgewinn völlig arglos in einen Nachttopf gesteckt. Byron entwendete die Barschaft und reiste überstürzt aus Lissabon ab. Man hat nie erfahren, ob der Freund je das Geld zurückbekommen hat.«

Amando hatte Hannah am frühen Morgen vor dem Hotel abgeholt. »Ich hoffe, dass mein kleiner Seat die Fahrt übersteht. Er hat mich schon einige Male im Stich gelassen. Und dann hat es Stunden gedauert, bis ich ihn wieder zum Fahren bewegen konnte. Aber ich kann mich nur schwer von ihm trennen. Wir haben schon viele Tausende von Kilometern miteinander verbracht.«

Hannah hatte erwidert, dass sie für die Rundreise durch Portugal einen komfortablen Leihwagen mieten wolle.

Sintra war nur eine knappe Stunde von Lissabon entfernt. Über ein Gewirr von Straßen und Autobahnen verließen sie die Metropole. Amando hatte gefragt, ob Hannah lieber zuerst die Paläste oder den Park sehen wolle. »Den Park«, hatte sie geantwortet.

Sie setzten sich an einen Tümpel, in dem weiße und gelbe Seerosen wuchsen. Hinter ihnen erhob sich ein mächtiger Yaiba-Baum, der seine Luftwurzeln zu Boden wachsen ließ.

»Und wie mache ich mich?«, fragte Amando.

Hannah schaute ihn an, erwiderte aber nichts.

Immer wenn sie ihren Reisebegleiter ansah, durchfuhr sie ein Schauer. Nicht mehr so heftig wie bei ihrem ersten Treffen im Ozeanarium, aber dennoch so erregend, dass sie ihre Blicke dosieren musste. Besonders wenn Amando mit dem Zeigefinger über seine Unterlippe strich, spürte sie einen kleinen Stich.

Sie hatte dem Galeriebesitzer die verblüffende Ähnlichkeit nicht verschweigen können, sie stand noch zu sehr unter dem ersten Eindruck dieser Begegnung. Aber Antonio hatte nicht so reagiert, wie sie befürchtet hatte. »Wenn er ihm so ähnlich sieht, könnte das ja auch manches für dich erleichtern, Hannah! Sieh es doch mal so!« Noch am gleichen Abend hatte sie Amando angerufen und ihm die Probereise vorgeschlagen.

»Finden Sie nicht, dass es an der Zeit wäre, mir etwas über meinen Job zu erzählen?«, fragte der Portugiese. »Meinen möglichen Job!« Er steckte den Reiseführer ein.

Hannah entschuldigte sich. Sie wolle das Versäumte sofort nachholen. Amando solle sie drei bis vier Wochen durch Portugal begleiten. Zunächst in den Süden, an die Algarve, später durchs Land in den

Norden. Sie werde für alle Unkosten aufkommen. Außerdem zahle sie ihm einen Tagessatz, den er zu Beginn jeder Woche als Vorschuss in bar erhalten werde.

»Sie müssen ja ziemlich reich sein. Verdient man als Reisejournalistin so gut?«, fragte er.

»Ich schon«, erwiderte Hannah und wandte sich ab.

Sie betrachtete die Seerosen, die sich dicht in dem schwarzen Tümpel drängten. Wer behielt die Oberhand? Die gelben oder die weißen. Sie sahen wie strahlende Positionslampen eines untergehenden Schiffes aus.

»So, und jetzt zeigen Sie mir den verrückten Palast«, sagte Hannah. Sie stand auf und ging los.

Etwas verwundert erhob sich Amando. An ihr sprunghaftes Wesen musste er sich erst noch gewöhnen.

Nach Hannahs plötzlichem Aufbruch auf dem Expo-Gelände hatte er lange im französischen Café gesessen und sich überlegt, was ihn an dieser Reisejournalistin irritierte. So sehr er den angebotenen Job auch gebrauchen konnte, so unklar war ihm, was eigentlich von ihm verlangt wurde. Er kannte viele Leute aus dem Printbereich, sowohl in Portugal wie in Deutschland, Medienmenschen, die ihm häufig so vorkamen, als seien sie Ameisen, die emsig Hölzchen um Hölzchen zusammentrugen, aber eine Frau wie Hannah, die stundenlang einfach nur schauen wollte, war ihm noch nie untergekommen.

Er hätte wetten können, dass sie zuerst den Park von Monserrate besichtigen wollte. Probereise. Machen wir doch einfach eine Probereise, hatte sie am Telefon gesagt. Was wollte sie denn ausprobieren? Ob er genügend Kenntnisse für ihr Arbeitsvorhaben besaß? Ob er schnell Kontakte machen konnte? Ob sie zusammenpassten? War sie nicht doch auf der Suche nach etwas ganz anderem? Ich will das Land hinter dem Land kennen lernen, diese Formulierung hatte ihm gefallen. Aber warum sie gerade nach Sintra fahren wollte, konnte er sich nicht erklären. Die geplante Reiseroute schien ihm mehr als vage.

Eine halbe Stunde später standen sie im Innenhof des Märchenschlosses, *Palácio Nacional da Pena.* Allein der Blick hinüber zum Atlantik und bis zur Mündung des Tejo lohnte die Auffahrt auf fünfhundert Meter Höhe. Dottergelbe maurische Kuppeln, zinnenbewehrte, karmesinrote Türme, zitronengelbe Gotik – ein stilistischer Mischmasch, für den ein deutscher Architekt verantwortlich zeichnete. Im Auftrag des Königs Fernando II. wurde dieser steinerne Traum im Jahre 1839 begonnen. Alle portugiesischen und deutschen Stile sollten darin zur Geltung kommen.

»Fast wie Neuschwanstein«, sagte Hannah, nachdem sie sich einmal um die eigene Achse gedreht hatte.

»Meines Wissens ist Neuschwanstein erst später gebaut worden«, erwiderte Amando, »aber ich kann es herausfinden, wenn Sie es genau wissen wollen.«

»Nicht nötig«, kam es von Hannah.

Schon war sie wieder enteilt.

Amando blieb ein paar Schritte zurück. Was will sie denn eigentlich wissen, dachte er. Einige Stunden nach ihrem Anruf hatte er sich über sich selbst geärgert. Er hätte nicht so schnell der Probereise nach Sintra zustimmen sollen. Oder wenigstens einen eigenen Vorschlag machen. Viel lieber hätte er ihr Estoril oder Cascais gezeigt. Oder, wenn sie die Natur und das Meer so mochte, seine Lieblingsbucht am Cabo da Rocha. Es gab einige Plätze in der Nähe von Lissabon, die für eine Reisejournalistin wesentlich interessanter waren, als dieses vom Tourismus längst überschwemmte Sintra.

Im Inneren des Palastes bekam Amando den Eindruck, als hätten die adligen Bewohner die Räume bis vor kurzem noch benutzt. Auf den Tischen standen frische Blumen, Magazine waren aufgeschlagen, zwei Lesebrillen schauten sich an, der lang gestreckte Esstisch war eingedeckt und wartete auf die Gäste. Porzellan, Nippes und Silber. An den Wänden Gemälde in breiten Goldrahmen, streng dreinblickende Gesichter. Nicht ein Lächeln auf ihren Mienen.

»Kennen Sie das Märchen von Dornröschen?«, fragte Hannah, als Amando sie eingeholt hatte.

Der Portugiese nickte. Er hatte seinen weißen Hut vom Kopf genommen und hielt ihn in der Hand.

»Ich glaube, die wohnt hier«, sagte Hannah. »Solche vollgestellten Räume machen mir immer Atemnot. Ich weiß nicht, wo ich zuerst hinschauen soll, und wenn ich wieder draußen bin, kann ich mich kaum erinnern, was ich alles gesehen habe.«

Ein ziemlich offenes Bekenntnis für eine Reisejournalistin, dachte Amando. Vielleicht will sie sich nur auf das Besondere konzentrieren. Waren das nicht ihre Worte? Aber was war das Besondere? Ich muss unbedingt herausfinden, wo sie die Schwerpunkte ihrer Recherche setzt, dachte er, dann wäre mir bei dem Job schon wohler.

Im Reiseführer hatte er eine schöne Anekdote entdeckt, die er sich sofort eingeprägt hatte. Die würde Hannah gewiss von seinen Fähigkeiten überzeugen können. Aber dazu musste er sie in den anderen Palast von Sintra locken. *Paço Real*, den Königspalast, der aus dem 16. Jahrhundert stammte. Die gewaltige Burg König Manuels I.

»Wenn wir uns beeilen, könnten wir uns dort vorm Ende der Öffnungszeiten noch umschauen«, forderte er Hannah auf.

»Sie sind der Reiseleiter«, erwiderte sie.

Aus der Ferne entdeckten sie zunächst zwei hoch aufragende, konisch zulaufende Schornsteine.

»Unser Dichter Eça de Queirós hat in seinem Roman *Die Maias* geschrieben, es sehe so aus, als sei dieses Schloss eine einzige Küche, zugeschnitten auf die Gefräßigkeit eines Königs, der jeden Tag ein ganzes Königreich verschlingt«, sagte Amando, als sie sich mit schnellen Schritten dem Palast näherten.

Hannah deutete einen Beifall an. »Haben Sie sich das im Reiseführer angelesen?«

»Solide Schulbildung«, antwortete Amando. Noch hatte er die schöne Anekdote nicht zum Besten gegeben. Die wollte er sich aufbewahren, bis sie am richtigen Ort waren. Hinweise aus der Literatur scheinen ihr zu gefallen, dachte er erleichtert.

Die Prunksäle des Königspalastes waren über und über mit Azulejos verziert, jenen Kacheln in Blauweiß, die sich zu wandfüllenden Geschichten zusammenfügten. Gerade so, als habe es lange Jahrhunderte nur diese beiden Farben auf der Palette gegeben. Polierte Steinchen, so lautet die Übersetzung des arabischen Begriffes *al-zuleig*, der dieser einzigartigen Keramik ihren Namen gibt. König Manuel I. ließ seinen Palast mit den hispanisch-maurischen Fliesen aus Valencia schmücken, aber die Vorräte an Kacheln reichten nicht aus, um auch die anderen Paläste des Adels zu dekorieren. So wurden flämische Künstler ins Land geholt, die biblische Szenen, Märchen und Mythen, Hirten-und Heiligenbilder anzufertigen hatten.

»Ein wahrhaftiges Königsblau«, sagte Hannah, die immer wieder vor den gekachelten Erzählungen stehen blieb, »mit einem sanften Schuss ins Königsviolett.«

Amando lotste die Deutsche schnell durch den Saal der Araber, den Wappensaal und über den Hof des Löwen.

Dann betraten sie den Saal der Elstern.

Von der Decke schauten über 100 Vögel auf die staunenden Besucher herab. Jede Elster hielt einen Zettel im Schnabel, auf dem die beiden Worte *por bem* zu lesen waren.

Amando ließ Hannah ein paar Minuten Zeit, diese sonderbare Deckengestaltung zu betrachten, bevor er mit seiner Anekdote begann.

»Die Legende besagt, dass in diesem Saal König João I. von seiner englischen Gattin Filipa of Lancaster erwischt worden sei, als er gerade eine seiner Hofdamen küssen wollte. Das junge Mädchen hatte natürlich nichts Besseres zu tun, als die Geschichte weiter zu klatschen. Daraufhin ließ Dona Filipa 136 schwatzhafte Elstern, es sollen nämlich 136 Hofdamen gewesen sein, an die Decke malen, um zu demonstrieren, dass sie als Königin nichts auf dieses Geschwätz gebe.«

»Solide Schulbildung«, sagte Hannah bewundernd.

»Gestern für Sie auswendig gelernt«, antwortete Amando. »Das war aber nur die Legende. Die Wahrheit ist ein wenig bescheidener. *Por bem* ist der Wahlspruch des Königs gewesen, und der sollte auf diese originelle Weise seinen hochwohlgeborenen Gästen in Erinnerung gebracht werden.«

Hannah wollte wissen, was er zu bedeuten habe.

»In allen Ehren«, erwiderte Amando.

»Mir gefällt die Legende besser!«, sagte sie.

»Das habe ich mir schon gedacht!«, kam es von dem Portugiesen. Er hatte den Kopf gesenkt, sodass Hannah seine Augen nicht sehen konnte.

Auf der Rückfahrt von Sintra schwiegen sie eine Weile.

Der Seat tat brav seinen Dienst, auch wenn der Motor ab und zu ins Stottern geriet.

Amando hatte sich vorgenommen, die Deutsche nicht zu fragen, wie ihr die Probereise gefallen habe. Sie saß neben ihm und schaute aus dem Fenster. War sie von den vielen Besichtigungen schon müde? Er schätzte sie auf Anfang vierzig, kaum älter als er selbst. Oder hatte er zu viele Geschichten zum Besten gegeben? Mit Wissen aufgetrumpft, auch mit dem, das er sich gerade erst angelesen hatte?

Amando wurde das Gefühl nicht los, dass er den Test nicht bestanden hatte.

Hannah steckte sich eine Zigarette an, sprach mit leiser Stimme über die leuchtenden Farben im Park von Monserrate und stoppte unvermittelt ihren Redefluss.

Der Portugiese hatte seinen weißen Hut auf die Rückbank gelegt. In jeder Kurve rollte er von einer Seite zur anderen.

»Soll ich Sie zum Hotel …«

»Ich denke, wir machen die Reise«, unterbrach ihn Hannah mit einem Mal, »das war wirklich ein schöner Tag mit Ihnen. Ich meine, natürlich nur, wenn Sie noch Interesse an diesem Job haben.«

Amando wandte sich zur Seite, sah seine Reisebegleiterin an, die in ihrem Sitz zu versinken schien.

»Also habe ich bestanden!«, triumphierte er.

»Aber nur, wenn Sie mich nicht länger wie eine kritische Elster behandeln!«, erwiderte sie. »Könnten Sie sich denn überhaupt so lange freinehmen, ich meine …«

Amando verließ die Überholspur, um bei der nächsten Gelegenheit stadteinwärts abbiegen zu können.

»Es wird ein paar Tage dauern, bis ich alle Termine geregelt habe, aber momentan könnte ich mir erlauben, meine Arbeit einen Monat zu unterbrechen. Die nächste Buchmesse, auf der ich unbedingt anwesend sein muss, findet erst in sechs Wochen statt, von mir aus ginge es …«

»Sie haben den Job«, sagte Hannah, »am kommenden Dienstag fahren wir los.«

Amando trommelte auf das Lenkrad.

5

Das Hotel *Bela Vista* lag auf einer Felsnase direkt über der Steilküste. Eine herrschaftliche Villa, die zu Beginn des 20. Jahrhunderts erbaut und 1936 in ein Hotel umgewandelt worden war. Damals war Praia da Rocha der Badeort für reiche Engländer und Portugiesen. Diese Touristen kamen per Wasserflugzeug aus Lissabon und wurden mit Booten an Land gebracht. Eine ausladende Terrasse zum Meer, die sich an einen kleinen Palmengarten anschloss, vermittelte noch das Gefühl viktorianischer Erhabenheit.

»Mir wurde am Telefon zugesagt, dass ich das Zimmer 103 für sechs Tage bekommen könne«, wiederholte Hannah erbost.

Amando war ein paar Schritte hinter ihr stehen geblieben.

»Aber wenn es doch nicht frei ist!«, erwiderte der Mann an der Rezeption und schaute erneut in das Hotelregister. Er trug einen eleganten dunkelblauen Anzug, Krawatte und Einstecktuch aus silbern durchwirkter Seide.

Amando kam sich ein wenig deplatziert vor.

Warum die Deutsche nun gerade ihre Rundreise in Praia da Rocha beginnen wollte, würde sie ihm noch erklären müssen.

Sie hatten sich frühmorgens am Lissabonner Flughafen getroffen, um die erste Maschine nach Faro zu nehmen. Von dort ging es mit dem Leihwagen westwärts. Soweit hatte alles geklappt. Aber nun schien es bei der ersten Unterkunft schon Probleme zu geben.

Wieso besteht sie denn so stur auf Zimmer 103, dachte Amando, so wichtig kann das doch wirklich nicht sein.

Und warum nur ein Zimmer? Für uns beide?

»Ich habe bei der telefonischen Bestellung ausdrücklich darauf Wert gelegt, dass ich dieses Zimmer mit Meerblick bekomme.« Hannahs Stimme klang ziemlich gereizt.

»Mein Kollege hat das aber nicht eingetragen«, verteidigte sich der Manager. Er tippte mit dem Finger auf die linierten Seiten, auf denen alle Reservierungen vermerkt waren.

»Am Telefon hat er gesagt, es sei kein Problem. Er habe alles notiert. Sechs Tage Zimmer 103!«

Amando schaute sich um. Das *Bela Vista* glich eher einem Museum als einem Hotel. An den Wänden herrliche Azulejos, sogar am Treppenaufgang, dessen Geländer aus edlem Holz geschnitzt war. Im spitz zulaufenden Türmchen waren Fenster aus buntem Glas, das einfallende Sonnenlicht ließ die Farben an den Wänden spielen.

Er verspürte wenig Lust, sich in diesen Streit einzumischen. Schließlich war er ja nicht für die Vorbestellung zuständig gewesen.

Am Flughafen in Faro hatte Hannah einen geräumigen Toyota gemietet und sich selbst ans Steuer gesetzt. Was ihn verwundert hatte. Amando war davon ausgegangen, dass dies zu seinen Aufgaben gehören würde.

Die Fahrt über die Autobahn hatte kaum vierzig Minuten in Anspruch genommen.

Dann kam der Schock.

Amando war vor vielen Jahren das letzte Mal an dieser felsigen Küste gewesen. Damals lagen zwischen Praia da Rocha und Portimão zwei Kilometer grüne Wiese, Ackerland und ein paar kleine Häuser. Nun standen hier zehn Reihen Hotelkomplexe hintereinander. Die ganze Gegend kam ihm so vor, als sei sie ein einziger Betonklotz. Ohne Fenster.

»Ist das Zimmer denn jetzt frei?«, fragte Hannah. Sie lehnte sich über die hölzerne Rezeption und schaute selbst in das Hotelregister.

»Momentan ist es frei!«, antwortete der Manager. Es war ihm sichtlich unangenehm, dass er so bedrängt wurde. Aber er blieb die ganze Zeit freundlich.

»Und warum kann ich es dann nicht bekommen?« Hannah richtete sich wieder auf, drehte sich zu Amando um, hob leicht die Schultern und schüttelte den Kopf. Ihre lockigen Haare wippten auf und ab.

»Weil ich es Ihnen nicht für sechs Tage überlassen kann!«, erwiderte der Manager mit einer entschuldigenden Geste.

»Wie lange könnte ich denn bleiben?«

Ganz schön hartnäckig, dachte Amando, er war gespannt, ob Hannah sich durchsetzen würde.

»Vier Tage, mehr geht wirklich nicht!«, antwortete der elegante Mann.

»Dann buche ich eben erst nur vier Tage, und wenn Ihr Kollege, mit dem ich telefoniert habe, wieder eintrifft, dann werden wir das bestimmt klären können!«

»Darf ich Ihnen bei den Koffern helfen?«, fragte der Hotelmanager. Er war offensichtlich erleichtert, dass die Streiterei zu Ende war.

»Nein, nein«, wehrte Hannah ab, »das mache ich schon selbst.«

Als sie mit Amando auf dem Parkplatz stand, sagte sie: »Ich habe für Sie ein Zimmer im Hotel *Oriental* bestellt, auf meinen Namen. Das liegt fünfhundert Meter die Straße hinunter. Soll auch sehr schön sein. Sie können den Wagen nehmen.«

Diese Deutsche ist immer für eine Überraschung gut, dachte Amando, aber er sagte: »Wollen wir denn heute nichts mehr unternehmen?«

Hannah schnappte sich ihre beiden Koffer, reichte Amando die Wagenschlüssel und ließ ihn auf dem Parkplatz stehen. Er hätte ihr gerne das Gepäck hinaufgetragen, nicht zuletzt, um zu sehen, warum sie derart hartnäckig auf Zimmer 103 bestanden hatte. Gab es dort ein besonders schönes Azulejos-Motiv? Ein erotisches vielleicht?

Das Hotel *Oriental* hatte einen Stern weniger. Wenn dadurch die Reisekasse entlastet wird, dachte Amando, soll es mir recht sein. Er bekam ein Zimmer mit Kitchenette und einer herrlichen Terrasse mit Meerblick. Für sechs Tage. Wie bestellt.

Als er auf dem überdachten Balkon stand, versuchte er, hinüber zum *Bela Vista* zu spähen. Aber so weit ragte die Felsnase nicht hervor.

Auf der Fahrt nach Praia da Rocha hatte er von seinem Job erzählt: von den emsigen Medienmenschen, die immer auf Trab waren, von den hektischen Verhandlungen auf den Buchmessen, von den Schwindel erregenden Summen, die inzwischen für amerikanische Lizenzen gezahlt wurden, und von den kleinen Buchhändlern, die gegenwärtig ums Überleben kämpfen mussten. Hannah hatte schweigend zugehört, selbst kaum etwas zum Gespräch beigesteuert.

Nachdem Amando seine Reisetasche und den kleinen Handkoffer ausgepackt hatte, nahm er den Telefonhörer auf und ließ sich mit dem Hotel *Bela Vista* verbinden.

»Zimmer 103, bitte!«, sagte er zum Portier.

Es dauerte eine Weile, bis sich Hannah meldete. »Ja.«

»Hier ist Amando. Ich wollte nur anfragen, ob ich irgendetwas vorbereiten soll.«

Pause.

»Was wollen wir denn in den kommenden Tagen besichtigen?«

Schweigen.

»Soll ich ein kleines Programm für Sie zusammenstellen?«

Keine Reaktion.

»Ich könnte mich doch schon mal umhören …«

»Gefällt Ihnen das Hotel nicht?«, fragte Hannah. Ihre Stimme klang seltsam distanziert.

»Nein, nein, das *Oriental* ist wunderbar. Ich habe eine tolle Aussicht über den ganzen Strand, von der Hafeneinfahrt nach Portimão bis hinüber nach Lagos.«

Wieder trat eine kurze Unterbrechung ein.

»Sie müssen meinen barschen Auftritt von vorhin entschuldigen«, sagte Hannah, »aber dieses Hotel verfügt nur über zwei Zimmer mit einer großen Terrasse. Die Hoteliers geben die immer nur ungern weg, wenn man im Voraus gebucht hat. Das Zimmer 103 hat seit dem frühen Morgen Sonne. Und die mag ich so sehr.«

Ob sie auf meine Frage überhaupt eingeht, dachte Amando und ließ nun seinerseits dem Gespräch eine Pause.

»Ich muss erst mal in Ruhe ankommen. Heute brauche ich Sie nicht mehr!«

»Dann bis morgen«, sagte Amando.

Hannah legte auf.

Ihre Koffer standen unausgepackt neben dem Bett. Sie streifte sich eine Windjacke über und verließ das Hotel.

Kaum hatte Hannah den breiten Strand erreicht, zu dieser Jahreszeit waren nur wenige Liegen und Sonnenschirme aufgereiht, erwachten die Bilder in ihrem Kopf. Sie zog die Schuhe aus und lief mit den Füßen im Wasser zum Felsenstrand.

Durch einen kleinen Tunnel, der in den Fels geschlagen war, gelangte sie auf den nächsten Strandabschnitt.

Wo die gelben Elefanten wohnten.

Die orangefarbenen Felsungetüme.

Kamele, Riesenaffen, Rhinozerosse aus rotbraunem Stein.

Die von Meerwasser und Wogenschlag ausgewaschenen Höhlen.

Im Wasser hoch aufragender, bröckeliger Sandstein, von vielerlei Inschriften übersät.

Maria, eu te amo. José 1999.

Die tief eingekerbten Inschriften waren von Sonne, Wind und Salzwasser rund geschliffen.

Gar nicht weit entfernt sah sie ihren Lieblingsplatz. Einen Felsvorsprung, auf dem sie sich damals gerne niedergelassen hatten.

Die Farben nahmen sie wieder gefangen. Die ganze Palette von weißgelbem Sand bis zu den tiefroten Felsruinen. Hunderte von Abstufungen zwischen den beiden Grundfarben. Durch das kristalline Blau des Meeres wurde die Harmonie des Farbdreiecks vollkommen.

Sie setzte sich auf das steinerne Podest. Lehnte sich an den sanften Felsen, auf dem sich die kaum lesbare Inschrift befand. Lange betrachtete sie die Buchstaben. Die Zeichnung war noch zu erkennen.

Die Wellen rollten sanft auf den Strand.

Auslaufende Flut.

Hannah spürte Tränen über ihre Wangen rinnen.

Sie wischte sie nicht weg.

Mal sehen, wann sie sich meldet, dachte Amando und bestellte sich ein Käse-Omelett. Der Kellner hatte aufgezählt, welche Eierspeisen die Hotelküche zum Frühstück anbot.

Amando hatte sich am Nachmittag die halbe Vergnügungsmeile in Praia da Rocha angesehen, im Verhältnis zu anderen vom Massentourismus erstickten Orten kaum nennenswert, hatte sich zwei Taschenbücher in einem Souvenirlädchen gekauft, eine Buchhandlung besaß dieser Badeort offensichtlich nicht, war früh auf sein Zimmer gegangen und hatte die halbe Nacht gelesen. Der Job fing wirklich gut an.

Als er gegen acht Uhr aufwachte, lag der Strand im ersten Licht. Mit kleinen Raupenbaggern wurde der Sand durchpflügt, Müllmänner waren schon unterwegs, um Papierschnipsel und Treibgut einzusammeln.

»Lassen Sie es sich schmecken«, sagte Hannah, »darf ich?« Sie zeigte auf den freien Platz am Frühstückstisch.

Amando nahm seinen weißen Hut vom Stuhl und setzte ihn auf.

»Bitte sehr!«

»Haben Sie gut geschlafen?«

»Wunderbar. Wenn ich die Wellen rauschen höre, schlafe ich immer gut. Und Sie?«

»Ganz gut«, erwiderte Hannah leise. »Ich wollte Sie zu einem kleinen Spaziergang abholen. Darf ich mal Ihr Zimmer sehen?«

Eine halbe Stunde später gingen sie an der Wasserlinie entlang in Richtung Praia do Vau. Bei Ebbe war der Sandstrand noch breiter, und am Felsenstrand standen die Kolosse ohne Wasser da.

»Wieso haben Sie eigentlich diesen Ort als Start Ihrer Rundreise gewählt? Hier gibt es kaum etwas zu sehen, von besichtigen will ich gar nicht erst reden.« Amando hob einen Reiseführer hoch, der sich ausschließlich der Algarve widmete.

»Nicht?«, fragte Hannah. Sie hatte den Kopf ein wenig schief gelegt, um ihm ins Gesicht sehen zu können.

»Praia da Rocha ist eine total verbaute Steinwüste, auch wenn das *Bela Vista* eine löbliche Ausnahme darstellen mag. Übrigens habe ich gestern bei meinem Rundgang zwischen den Betonriesen einige der schönen alten Villen entdeckt. Muss einmal sehr idyllisch hier gewesen sein. Vor vielen Jahrzehnten allerdings.«

»Und dennoch kommen die Touristen in hellen Scharen hierher!«, erwiderte Hannah. »Auch darüber sollte man sich mal Gedanken machen.«

»Weil die Bettenburgen billig sind«, erwiderte Amando schnell. »Im Sommer möchte ich hier nicht sein. Dagegen sei in einer Sardinenbüchse eine Menge Platz, hat mir gestern eine Zeitungsverkäuferin erzählt.«

Hannah blieb stehen. »Sehen Sie denn etwas von den schrecklichen Hochhäusern?«

»Im Moment nicht!«

»Na also!«

»Aber trotzdem sind sie da«, konterte Amando.

Wie konnte sich die Deutsche hier wohl fühlen? Hatte er sie so falsch eingeschätzt?

»Für mich gibt es so etwas wie magische Orte ... und dieser Felsenstrand gehört dazu. Und er zieht auch viele andere Menschen an. Auch Sie werden sich dem Zauber nicht entziehen können.«

Das Land hinter dem Land, dachte Amando, wollte sie das nicht entdecken? Aber wir befinden uns an der Oberfläche einer Kitschpostkarte.

Die vielfarbigen Felsungetüme hatten schon etwas Malerisches. Gerade jetzt, wo das Meer sie freigegeben hatte.

Plötzlich hielt Hannah inne. »Ein Seepferdchen, schauen Sie mal.«

Vor ihnen lag ein gekrümmtes Seepferdchen, am Rande der auslaufenden Wellen. Es musste kurz zuvor angespült worden sein.

»Wenn das kein gutes Zeichen ist!«, sagte Hannah und nahm das stachelige Tier hoch.

»Es ist tot!«, sagte Amando.

»Bei unserer ersten Begegnung in Lissabon haben wir auch die Seepferdchen bestaunt. Erinnern Sie sich?«

Hannah errichtete einen kleinen Sandhügel, nahm ein Stück Treibholz und legte das Seepferdchen behutsam darauf ab.

Eine Weile blieb sie andächtig vor dem Sandhügel stehen.

Als sie ihren Lieblingsplatz passierten, verstummte das Gespräch. Hannah wagte es nicht, in Gegenwart von Amando zu dem steinernen Podest hinüberzuschauen.

Aus dieser Entfernung konnte sie auch nicht die Inschrift sehen.

In Praia do Vau standen ein paar Strandlokale auf Holzpfählen. Bei *Lino* bestellten sie frisch gepressten Orangensaft und *dois bicas*.

Hannah war eine Zeit lang ganz still, sie reckte ihr Gesicht der Sonne entgegen. Wie vertraut ihr dieser Ort noch war und wie fremd der Mann an ihrer Seite. Und doch war sie sich sicher, mit Amando die richtige Wahl getroffen zu haben.

Am Strand spielten Kinder, auch einige deutsche waren dabei.

»Isch bin en echt kölsche Jung«, sagte Amando in rheinischem Dialekt.

»Ich dachte, Sie kommen aus Porto?«

»Nä, jeboren bin isch in Kölle. Meine Mutter stammt da her. Mein Vater ist aus Porto, hat bei Ford in Köln gearbeitet, kam mit der ersten Gastarbeiterwelle nach Deutschland und hat 'ne waschechte Kölnerin geheiratet. Später konnte er in seinem erlernten Beruf als Drucker beim Kölner Stadt-Anzeiger anfangen. Jeden Sommer waren wir in Porto. Mein Vater wollte immer dahin zurückkehren. Als ich siebzehn war, bekam er ein Angebot von O *Diário*, als Leiter der neuen Druckerei. Da konnte er nicht nein sagen. Damit begann die Trennung meiner Eltern.« Amando unterbrach seinen Redefluss und sah Hannah an. »Interessiert Sie das überhaupt?«

Hannah erwiderte, bisher hätten sie ja noch keine Gelegenheit gehabt, sich genauer kennen zu lernen.

»Meine Mutter ist mit mir und meinen beiden Schwestern zunächst in Köln geblieben, ich sollte erst mal Abitur machen. Danach sind wir nach Porto gezogen. Aber meine Mutter konnte sich dort nicht richtig einfinden. Manche Menschen lassen sich einfach nicht verpflanzen. Irgendwann haben die beiden gemerkt, dass ihre Beziehung zu Ende war. Ich habe mich dann schweren Herzens für meinen Vater und Portugal entschieden und bei *Lello* eine Lehre als Buchhändler gemacht. Meine Mutter hat später wieder geheiratet, einen Rheinländer.«

Amando bestellte einen weiteren Orangensaft. »Jetzt sind Sie aber dran!«, sagte er.

»Nicht alles auf einmal«, erwiderte Hannah, »wir haben ja noch eine lange Reise vor uns.«

Der Rückweg am Strand war ihnen versperrt, sie nahmen den Pfad auf den Klippen. Die meisten Felsen standen nun im Wasser, so bot sich ihnen ein ganz anderes Bild. Es war ein leichter Wind von See aufgekommen, schon türmten sich weiß kräuselnd die Wassergebirge auf.

Immer wieder versuchten Spaziergänger unten am Strand, zwischen den einlaufenden Wellen die andere Seite der Felsvorsprünge zu erreichen. Fast alle wurden dabei nass.

»Ich war vor vielen Jahren schon einmal hier«, sagte Hannah, »mit einer Freundin. Wir standen auf dem *miradouro* und schauten auf die Häuser von Praia da Rocha. Meine Freundin sagte: ›Wenn das da ein Hotel ist, dann bleiben wir!‹ So haben wir das *Bela Vista* entdeckt und den geheimnisvollen Felsenstrand.«

Amando widersprach nicht, er wollte die gute Stimmung nicht verderben.

Als sie nach einer langen Siesta im Restaurant *Safari* saßen, sie hatten Hühner-Curry und Lammgulasch bestellt, fragte Amando, ob Hannah Aufträge für die nächsten Tage habe.

»Morgen gehen wir in die Berge wandern«, erwiderte sie, »auf den Picota, soll eine sehr schöne Tour sein.«

Das *Safari* warb mit dem Slogan: »*Esta è a vista, imagine a comida …*« Das ist die Aussicht, stellen Sie sich unsere Speisen vor …

Der Blick über den Strand war wirklich grandios.

Hannah sagte, sie komme sich vor, wie in einem impressionistischen Gemälde. Ganz leicht, fast schwebend. Amando fiel bei diesem Anblick die Verfilmung von Thomas Manns »Tod in Venedig« ein.

»Dieses Strandidyll auf der Lagune, als Gustav Aschenbach sich in den polnischen Jungen verliebt. Hieß er nicht Tadziu? Mich hat dieser blond gelockte Knabe fasziniert«, Amando machte eine kleine Pause, »sogar erotisch.«

Hannah konnte sich gut an den Film erinnern, für sie waren die Schlussszenen die eindrucksvollsten: »Als Aschenbach vor lauter Panik das schwarze Haarfärbemittel, mit dem er sich jünger machen lassen will, übers Gesicht rinnt, diese Szene werde ich nie vergessen.«

Die beiden Gerichte kamen.

Mario, der Wirt aus Angola, schenkte Wein nach, blieb eine Weile stehen und fragte, ob es seinen Gästen schmecke.

»Das ist ein altes Curry-Rezept«, sagte er, als Hannah vor lauter Begeisterung ihn nochmal an den Tisch rief. So ein gutes Curry habe sie lange nicht mehr zu essen bekommen.

»Wir lassen in unserem Curry fein geraspelte Möhren, Kokosflocken und geriebene Orangenschale mitköcheln und fügen auch immer ein wenig Orangensaft hinzu. Die Soße verliert ihre Schärfe dadurch keineswegs.«

Zum Nachtisch gab es Flan und *arroz com leite*, gesüßten Milchreis mit Zimt.

Immer wieder kam Mario, spendierte Kaffee und *bagaço*, einen Tresterschnaps, der dem Grappa verwandt ist.

Amando wurde das Gefühl nicht los, keinen Job, sondern einen mehrwöchigen Urlaub angetreten zu haben.

»An diesem Ort lässt es sich bestimmt sechs Tage aushalten.« Amando prostete ihr zu.

Hannah sprang plötzlich auf und legte fünfzig Euro auf den Tisch.

»Zahlen Sie für uns beide, ich muss jetzt gehen.«

Amando blickte ihr lange nach.

6

»Es wird ein paar leichte Anstiege geben, aber ihr braucht keine
Angst davor zu haben. Wir gehen ganz gemütlich zum Picota
hinauf«, sagte Uwe zu dem knappen Dutzend Wanderer, die sich
gegen zehn an der Tankstelle von Monchique eingefunden hatten.

Der vierzigjährige Berliner, dessen Akzent ein wenig verblichen
war, bot Wanderungen im Hinterland der Algarve an. »Die Algarve
hat weit mehr zu bieten als nur Sonne, Sand und Meer. Kennen Sie
die Einsamkeit, die Schönheit und die Wildheit der bezaubernden
Bergwelt der Serra de Monchique?«, so hatte er es in seinem Prospekt formuliert.

Hannah stand mit drei Frauen zusammen. Sie sprachen darüber,
ob sie für eine Bergwanderung, die immerhin über 700 Meter ging,
nicht zu dünn angezogen seien. »Für de Notfall hend i immer noch
e Wunderwaff' daboi«, sagte eine Frau aus Tübingen. Sie holte aus
ihrem überdimensionierten Rucksack ein Päckchen aus grauem Plas-
tik. »Des is e Regenhaut, die au schön warm hält. Und hot gar net viel
koschtet, gell.«

Amando hielt sich in einiger Entfernung auf. Seine Auftraggebe-
rin war gut gelaunt, beinahe aufgekratzt. Als sie ihn im Hotel abgeholt hatte, sagte sie: »Heute will ich mal testen, wie belastbar Sie so
sind!« Während der halbstündigen Fahrt hinauf nach Monchique,
diesmal saß Amando am Steuer, hatte sie vonReisen in andere Länder
geschwärmt, Erlebnisse vom Wandern zum Besten gegeben, Berg-
und Taltouren, ausgedehnte Tagesmärsche. So, als habe sie nur darauf
gewartet, nun endlich in freier Natur auf Wanderschaft zu gehen.

Sie redete mit den Frauen, als würden sie sich schon lange kennen.
Dass Hannah derart offen und kontaktfreudig Fremden gegenüber
sein konnte, schien ihm nach ihrem bisherigen Verhalten durchaus
seltsam.

Lange hatte er gestern mit dem Restaurantbesitzer Mario über
dessen Zeit in Angola gesprochen. Seine Hoffnungen bei der Rück-
kehr 1974, als die Nelkenrevolution der Diktatur Salazars ein Ende

gesetzt hatte. »Wir waren damals über eine Million Heimkehrer aus Afrika. Nicht gerade beliebt im Mutterland. Dabei hatte ich wirklich großes Glück, ich konnte mithilfe meiner Familie hier ein kleines Restaurant aufmachen.« Erst weit nach Sonnenuntergang hatte Amado ziemlich angetrunken den Weg ins Hotel gefunden.

Als er am *Bela Vista* vorbeigekommen war, hatte er große Lust verspürt, Hannah aufzusuchen und sie zu fragen, warum sie so plötzlich aufgebrochen sei und ihn sitzen gelassen habe. Aber in diesem Zustand wollte er ihr nicht gegenübertreten. Irgendwann würde er herausfinden, was es mit dieser Deutschen auf sich hatte.

»So, ich glaube, wir sind jetzt vollzählig«, rief Uwe in die Runde, drehte sich um und ging den schmalen Weg entlang, auf dem die anderen ihm folgten.

Der erste Anstieg hatte es in sich.

Zwanzig Minuten steil bergauf.

Hannah ging neben dem Wanderführer. Angeregt unterhielt sie sich mit dem Berliner, der seit über zehn Jahren an der Algarve lebte. Sie hielt ohne Probleme Schritt, während Amando das Schlusslicht bildete. Er war froh, als Uwe zum ersten Mal anhielt. Er zeigte auf die terrassierten Felder und erklärte das ausgeklügelte Bewässerungssystem. Vier Kartoffelernten könne es im Jahr geben.

»Mitte der neunziger Jahre gab es eine große Dürre. Über 30 Monate hat es nicht geregnet. Die Wasserminen waren trocken gelaufen. Und wenn es kein Wasser gibt, gibt es auch keine Ernte. Damit wurde die Lebensgrundlage vieler Menschen hier zerstört. Die Not war groß!« Uwe hielt einen Moment inne. »Wasser ist Leben! Das solltet ihr euch auch mal klarmachen. Ein Tourist verbraucht am Tag, ohne weiter darüber nachzudenken, über 150 Liter Wasser. Noch schlimmer sind aber die vielen Golfplätze. Was da täglich an Wasser vergeudet wird, nur um die Rasenflächen immergrün zu halten, wird bei uns dringend gebraucht.«

Amando war erstaunt, welch kritische Worte dieser Wanderführer fand, und das, obwohl er sein Geld von den gerade gescholtenen Touristen bezog. Aber diese Leute waren ja gekommen, um etwas über Land und Leute zu erfahren.

»Wahrscheinlich habt ihr es alle schon bemerkt, wir sind die ganze Zeit durch Eukalyptuspflanzungen gegangen. Mehr als sechzig Prozent der Serra de Monchique ist mit diesem Baum bedeckt.

Der Grund ist ganz einfach: Eukalyptus wächst schnell und bringt schnelles Geld. Die portugiesische Zellstoffindustrie hat großen Bedarf. Aber der Baum ist ein Schmarotzer, der alle anderen Pflanzen niedermacht und mit seinen langen Wurzeln viel zu viel Grundwasser verbraucht.«

Uwe hatte die Wandergruppe schnell auf seiner Seite. Er war so beschlagen, dass er die anderen mit seinem Wissen ansteckte. »Das war keineswegs immer so. Als ich hier ankam, wusste ich nur wenig über Pflanzen und Tiere«, sagte er zu Amando, »ich habe viele Jahre von meinen Nachbarn gelernt. Und jeden Tag lerne ich immer noch etwas dazu!«

Hannah schien sich in ihrem Element zu befinden. Gut so, dachte Amando, auch wenn er nicht wusste, warum sie ihn auf diese Bergtour mitgenommen hatte. Hätte er nicht in der Zeit einen anderen Ausflug vorbereiten können?

Uwe blieb bei einem aus Lehm gebauten Bauernhaus stehen, sprach über das Leben in der bergigen Region, über die Armut ihrer Bewohner. »Am Schornstein erkennt man Reichtum. Viele Häuser haben gar keinen Schornstein. Die Familien kochen immer noch auf einer offenen Feuerstelle in der Küche. Das ist auch die einzige Heizmöglichkeit. Dort, wo die Dachziegel schwarz verrußt sind, darunter befindet sich die Kochstelle. Das betrifft mehr als die Hälfte aller Häuser hier oben in den Bergen.« Die Häuser hatten kleine Fenster, um Kälte und Hitze abzuhalten. Der größte Teil des Hauses diente als Viehstall und Lagerfläche für das Futter.

An einem großen Wassertrog zeigte ihnen der Wanderführer einen schräg abgeflachten Stein, auf dem wie in alten Zeiten die Wäsche mit Kernseife gewaschen werde. »Obwohl fast alle hier oben inzwischen Strom haben, eine Waschmaschine kann man nicht gebrauchen, dazu reicht der Wasserdruck nicht aus.«

Amando beobachtete Hannah, die die Wanderung sichtlich genoss. Lange hatte er am Abend darüber nachgedacht, ob ihr plötzliches Verschwinden aus dem *Safari* mit ihm zu tun gehabt haben könne. Habe ich irgendeine falsche Bemerkung gemacht? Hat sie sich von mir Vorschläge für interessante Exkursionen versprochen? Diese Wanderung war ja auch ihre Idee gewesen.

»Und? Bereuen Sie es, mitgekommen zu sein?«, fragte Hannah, die plötzlich neben ihm auftauchte.

»Keineswegs«, beeilte sich Amando zu sagen. »Woher wussten Sie eigentlich von dieser Wanderung? Waren Sie schon einmal hier?«

Hannah zögerte einen Augenblick, bevor sie antwortete.

»Es gab einen Prospekt an der Rezeption!«, sagte sie und lächelte ein wenig.

Uwe zeigte ihnen die rot blühenden Zistrosenschmarotzer und die anderthalb Meter hohen Blütenkerzen der hochgiftigen Meerzwiebel, ließ sie an wildem Oregano, Fenchel, Pimpernelle und Lorbeer riechen und erklärte ihnen die Herstellung des Medronho-Schnapses. »Er wird aus den Früchten des Erdbeerbaumes gewonnen. Die sehen aber nur so aus wie Erdbeeren, tatsächlich schmecken sie ziemlich bitter. Medronho heißt, wörtlich übersetzt, das esse ich nur einmal.«

Immer wenn Uwe auf einen der Bergbewohner traf, hielt er ein kleines Schwätzchen. Zahnlose alte Frauen mit kläffenden Hunden, Männer, deren Gesichter vom Wetter gegerbt waren und die Spaten und Hacke geschultert hatten. Viele der Alten lebten hier alleine und freuten sich über die Abwechslung. Die Wandergruppe schien Uwe dabei völlig zu vergessen. Erst ging es um das weit verbreitete Rheuma, dann klagte die über achtzigjährige Fernanda über die hohe Stromrechnung, Uwe vereinbarte einen Austausch von überschüssigen Feldfrüchten und erfuhr dabei, dass *avô* Manuel leider nun doch ins Altenheim musste, weil er allzu gebrechlich geworden war, um alleine in seiner Hütte zu leben.

Vielleicht ist es das, was Hannah sucht, dachte Amando. Das vergessene Hinterland, das mit dem betonierten Luxus an der Küste nichts zu tun hat, das andere Portugal jenseits der Strandpostkarten. Wie viele Jahrzehnte, wenn nicht gar ein Jahrhundert, lagen zwischen dem sorgenfreien Leben an der sonnigen Küste und dem Überlebenskampf der Bauern im bergigen Hinterland? Sofort fielen Amando einige Dörfer im Alentejo ein, die er Hannah für die Weiterreise vorschlagen wollte. Dieses Thema schien ihm für eine Reisereportage wirklich gut geeignet. Nur dass Hannah sich keine Notizen machte, ja nicht mal fotografierte, verwunderte ihn ein wenig. Bei nächster Gelegenheit wollte er sie danach fragen. Oder ließ sie heimlich ein Mini-Tonband mitlaufen? Zuzutrauen wäre es ihr.

»Als ich zum ersten Mal Besuch von meinen Nachbarn bekam«, erzählte ihm Uwe, während die Gruppe unter einer riesigen

Korkeiche lagerte, »da haben sie sich über die vielen Bücher gewundert. Das Lesen müsse ja sehr viel Arbeitszeit kosten, meinte João, in der Zeit könne man eine ganze Menge für den eigenen Lebensunterhalt erwirtschaften.«

Alle Korkeichen trugen große weiße Zahlen, an denen man erkennen konnte, in welchem Jahr sie zum letzten Mal geschält worden waren. »So ein Baum muss erst fünfundzwanzig Jahre wachsen, also mehr als eine Generation, bis man den Kork ernten kann. Früher pflanzten Väter die Bäume für ihre Söhne, aber die gehen ja heute meistens an die Küste, um ihr Geld zu verdienen«, erklärte Uwe.

Er zeigte, wo die Korkeichenschäler mit ihren messerscharfen Äxten Längs-und Quernuten in die Rinde schlugen, um möglichst große Stücke mit der Hand herausbrechen zu können. »Sie dürfen auf keinen Fall zu tief hacken, sonst blutet der Baum aus. Kork schützt die Eiche vor den großen Klimaschwankungen. Sie darf nur im Sommer geschält werden. Der Kork einer Eiche kann alle sieben bis neun Jahre rund hundertdreißig Euro einbringen. Seht hier, auf der Schlechtwetterseite ist der Baum dunkelrot, das ist kein Anstrich, wie manche Leute meinen, das ist Gerbsäure, die erste Schutzreaktion nach dem Schälen. Eine Korkeiche überlebt sogar einen Waldbrand, wenn sie nicht gerade frisch geschält ist.«

Als sie den Picota erreichten, bot sich ihnen ein wundervoller Ausblick. Der ganze Südwesten der Algarve lag ihnen zu Füßen. Im glänzenden Sonnenlicht konnten sie in der Ferne das Meer sehen. Selbst die Hochhaussiedlungen nahmen sich von hier wie Kinderspielzeug aus.

»Schon dafür hat es sich gelohnt, oder?«

Amando spürte Hannahs Hand, die nach seiner Linken fasste.

Sie trat nahe an ihn heran.

Er war so verdutzt, dass er keine Worte fand.

»Ich liebe solche Ausblicke!«, rief sie begeistert.

Amando spürte, dass die Frauen, mit denen sich Hannah die ganze Zeit unterhalten hatte, sie beobachteten.

Der Händedruck ließ nicht nach. Gerade so, als suche Hannah Halt bei ihm, um nicht davonzufliegen.

So standen sie eine Zeit lang.

Schweigend.

Ohne voneinander zu lassen.

Amando wagte es nicht, die Deutsche anzusehen. Er hätte seinen Hut gebraucht, um den Blick zu verbergen. Aber Hannah hatte ihn gebeten, die weiße Auffälligkeit im Wagen zu lassen. Beim Wandern würde der Hut nur stören. Amando war ihr dafür dankbar, denn beim Aufstieg war er ziemlich häufig ins Schwitzen gekommen.

Uwe zeigte ihnen den Schlangenadler, der über ihren Köpfen kreiste, imitierte das charakteristische »up up up« des Wiedehopfes und erzählte von der Ginsterkatze, die nur nachts aktiv werde.

Nach einer weiteren halben Stunde erreichte die Wandergruppe Uwes Haus, in dem ein Picknick vorbereitet war. Selbst gebackenes Brot mit verschiedenen Gemüse-und Kräuterpasten, dazu kräftiger Rotwein, von dem Amando nur wenig kostete, wenngleich der Rausch des Vorabends schon ganz herausgeschwitzt war.

Hannah hatte sich wieder zu den Frauen gesellt. Ab und zu blinzelte sie zu ihm hinüber. Ganz gelöst, ihr Blick war offen.

Amando fragte Uwe, ob er mit seinen Wanderführungen genügend verdiene.

»Mal gibt es gute Jahre, mal schlechte. Ich brauche ja nicht viel hier oben. Letztes Jahr musste ich leider meinen Esel verkaufen, der fraß mir die Haare vom Kopf. Im Sommer mache ich auch Vollmondwanderungen, die gehen die ganze Nacht. Einmal, nach einer besonders erlebnisreichen Wanderung, fragte mich ein Frankfurter, an wie vielen Tagen im Monat ich die Vollmondwanderung machen würde. Er wolle am nächsten Dienstag eine Gruppe von Freunden vorbeischicken.«

Amando lachte. Uwes Worte klangen keineswegs abschätzig gegenüber dem ahnungslosen Hessen.

Er gab Amando den Tipp, nach der Wanderung noch auf den Fóia hinaufzufahren. Von dort, zweihundert Meter höher als der Picota, habe man eine noch schönere Aussicht. »Ich wandere auch manchmal da hoch, obwohl es den meisten meiner Kunden zu anstrengend ist.«

Amando nahm den Hinweis gerne auf.

Mal sehen, ob Hannah auch auf dem Fóia nach meiner Hand greift, dachte er. Bei der himmelweiten Aussicht.

Als sie den Marktplatz von Monchique umrundet hatten, um die schmale Bergstraße zu erreichen, sagte Hannah, dass Amando gewiss froh sei, nun wieder im Auto zu sitzen. Der Portugiese gab sich entrüstet.

»Aber ein echter Wanderer scheinen Sie mir nicht gerade zu sein!«, fügte Hannah hinzu.

»Mir fehlt ein bisschen die Übung«, sagte Amando. »Früher hätten mir solche Aufstiege nichts ausgemacht. Immerhin war ich mal Leichtathlet. Allerdings auf der Kurzstrecke.«

Hannah hatte eine Karte auf den Knien ausgebreitet und verfolgte die Bergstraße mit dem Zeigefinger.

»Dieser Uwe ist schon ein beeindruckender Mann, finden Sie nicht? Er gibt seine gesamte Existenz in Deutschland auf, verliebt sich in die Bergwelt der Algarve und beginnt ein völlig neues Leben«, sagte Hannah. »Wie viele träumen davon, aber trauen sich dann doch nicht!«

»Er machte mir nicht den Eindruck, als würde er viel vermissen. Für den gibt es andere Werte als eine abgesicherte Existenz. Vielleicht lernt man diese Bescheidenheit ja von den Bergbewohnern.«

Amando musste sich auf die Straße konzentrieren. Der Toyota ließ sich zwar leicht steuern, aber sein Seat wäre ihm jetzt lieber gewesen.

Immer wieder zogen Nebelstreifen über die Fahrbahn.

»Schaffen wir es noch?«, fragte Hannah.

»Was meinen Sie?«

»Der Nebel wird immer dichter.«

»Keine Sorge«, beruhigte Amando sie. »Wenn die Suppe allzu dick wird, kehren wir um.«

Hannah bat ihn, ein bisschen langsamer zu fahren.

Rasch faltete sie die Karte zusammen und schob sie verknittert ins Handschuhfach.

Amando spürte ihre Aufregung.

Wie Wellen, die von ihrem Körper ausgingen.

»Sollten wir nicht schon jetzt umdrehen?«, fragte Hannah ängstlich.

»Wir haben es gleich geschafft!«, antwortete Amando.

Wo hätte er auf der schmalen Straße drehen sollen? Auf der linken Seite vermutete er den steilen Abhang, rechts sah er die Felswand, an der sich kleine Rinnsale gebildet hatten.

Inzwischen hatte er kaum fünf Meter Sicht, sodass er Schritt fahren musste.

»Haben Sie das Licht eingeschaltet?«, rief Hannah.

»Schon lange«, sagte Amando, »ich habe sogar die Nebelleuchte auf dem Armaturenbrett gefunden. Bei diesen vielen Knöpfen könnte man denken, man sitzt in einem Cockpit hoch über den Wolken.«

»Hört denn dieser Nebel gar nicht auf?«

Nun setzte bei Hannah Panik ein.

»Halten Sie an!«, befahl sie.

»Das kann ich nicht!«

»Halten Sie sofort an!«

Amando verringerte die Geschwindigkeit noch weiter.

»Wenn wir auf der Straße stehen bleiben, dann fährt uns jemand von hinten rein«, sagte er.

»Aber Sie sehen doch gar nicht mehr, wohin diese Straße uns führt«, kam es von Hannah.

Sie klammerte sich an seinen Arm.

»Bitte!«, flehte sie.

Amando wusste nicht, was er tun sollte.

Keine Verkehrszeichen am Straßenrand, kein Mittelstreifen auf der Fahrbahn, kaum noch zwei Meter Sichtweite und dazu eine sichtlich verängstigte Beifahrerin.

»Wir haben es bestimmt gleich geschafft!«, versuchte Amando ein weiteres Mal auf Hannah beruhigend einzureden.

Verdammt, wann war denn diese Bergstraße zu Ende?

Auch ihm wurde nun mulmig.

Kahle Zweige tauchten plötzlich vor ihm auf. Ein dicker Ast lag quer auf der Straße. In letzter Sekunde konnte er ausweichen.

Ein Kleinlaster schoss mit ziemlicher Geschwindigkeit an ihnen vorbei.

Hannah schrie auf.

»Ist das denn überhaupt die richtige Straße?« Ganz schrill ihre Stimme.

»Ich habe bisher noch keine andere Abzweigung gesehen«, antwortete Amando, obwohl er sich gar nicht mehr sicher war, ob sie tatsächlich auf den Fóia fuhren.

Er hielt das Steuerrad fest in seinen Fäusten.

Wie gerne hätte er zugegeben, dass auch er Angst verspürte.

»Am besten, Sie schließen einfach die Augen und warten, bis es vorbei ist«, sagte Amando. Im gleichen Moment ärgerte er sich über diese flapsige Bemerkung.

Hannahs Linke hielt immer noch seinen Arm umklammert.

Nun verfluchte er die Idee, eine noch schönere Aussicht genießen zu wollen. Hatte ihm der Picota nicht gereicht, oder war es Hannahs Reaktion auf die Sicht in die Ferne gewesen …

Fóia. Endlich.

Das kleine schwarzweiße Ortsschild tauchte plötzlich hinter einer Nebelwand auf. Vom Scheinwerfer des Toyotas angestrahlt, erschien es silbrig glänzend. Wie eine Erlösung.

Die Straße verbreiterte sich.

Vor ihnen befand sich ein Parkplatz.

Amando stoppte den Wagen.

Atmete tief durch.

»Wir warten so lange, bis sich der Nebel verzogen hat«, bat Hannah. Ihre Stimme klang so verzagt, dass Amando sie am liebsten in den Arm genommen hätte.

Aber das hätte die Deutsche missverstehen können.

7

»Und wohin soll es gehen?«, fragte Hannah, als Amando sie kurz nach acht am *Bela Vista* abgeholt hatte. Sie trug einen eng anliegenden, rostroten Hosenanzug. Es war die Farbe, in der die Felsen im Abendlicht glühten.

»Lassen Sie sich überraschen«, erwiderte Amando, »es wird Ihnen bestimmt gefallen.«

»Waren Sie denn schon mal da?«, wollte Hannah wissen.

»Weiß ich nicht«, sagte er, ohne eine Miene zu verziehen.

Sie fuhren die gleiche Strecke, die sie auch schon am Vormittag genommen hatten, bei ihrem Ausflug an die Atlantikküste. Es war Richtung Lagos gegangen, dann nach Sagres, zum Cabo de São Vicente. 62 Meter hoch ragte die Südwestspitze Europas ins Meer. Das Ende der Welt, *fim do mundo*, wie es der portugiesische Dichter Luis Camões nannte, »wo das Land endet und das Meer beginnt«. Sie hatten die Angler bestaunt, die wagemutig am senkrechten Felsabsturz standen und ihre Angeln bis zu vierzig Meter tief ins Meer hinauswarfen. Amando hatte von Heinrich dem Seefahrer aus dem 15. Jahrhundert erzählt, der selbst nie zur See gefahren war, aber Jahrzehnte seines Lebens, umgeben von Geografen, Schiffsbauingenieuren, Kapitänen und Kartografen, damit verbrachte, neues Land für Portugal auszukundschaften und den Seeweg nach Indien zu entdecken. Er hatte eine Seefahrerschule gegründet, deren Ruinen man noch heute besuchen konnte. »Einer Legende nach erhielt das Kap den Namen des heiligen Vinzenz, weil hier 1173 sein Leichnam, begleitet von zwei Raben, in einem Boot ans Ufer getrieben sein soll. Der Leichnam wurde nach Lissabon gebracht und die Raben später in das Wappen unserer Hauptstadt aufgenommen.« An einer Würstchenbude hatten sie die »westlichste Bratwurst Europas« verspeist und waren eine Zeit lang am Felskap spazieren gegangen.

»Aber Sie kennen den Weg, oder?«, vergewisserte sich Hannah. Die aufregende Fahrt im Nebel am Tag zuvor schien ihr noch immer in den Knochen zu stecken.

»Das Örtchen heißt Mexilhoeira Grande, da wollen wir hin!« Amando bog von der N 125 ab. »Versuchen Sie mal, den Namen auf Portugiesisch auszusprechen.«

Hannah probte die Aussprache, mehrmals von Amando korrigiert. »Unsere Sprache besteht aus sonnenverbrannten Vokalen und vom Wasser weich gespülten Konsonanten«, sagte Amando, als es Hannah gelungen war, das Wort Mexilhoeira auf zwei Silben zusammenzuziehen.

Amando hatte darauf bestanden, Hannah bei ihrem Tagesausflug die unberührten Strände von Tonel und Martinhal zu zeigen. Beinahe wäre es zu einem Streit zwischen ihnen gekommen, denn Hannah war nicht gewillt, den Felsenstrand von Praia da Rocha für diese wild verwegene Westküste einzutauschen. »Wollen Sie tatsächlich in Ihrer Reportage die Betonwüste erwähnen?«, hatte Amando gefragt. Das sei ganz und gar ihre Sache, war Hannahs Antwort gewesen. Irgendwann hatte Amando zurückgesteckt.

Er stoppte den Toyota mitten auf der Straße.

»Hier soll ein Lokal sein?«, rief er aus dem offenen Fenster.

Die Frau, die am Straßenrand stand, besah sich eine Zeit lang den Wagen, bevor sie antwortete. »Sie wollen zur Vila Lisa?«

Amando nickte.

»Ich dachte, Sie kennen den Weg!«, stichelte Hannah.

Zwei Minuten später standen sie vor einem kleinen weißen Haus mit zitronengelben Türen und Fenstern, die von einem tiefen Meerblau eingerahmt waren. Kein Schild wies auf das Restaurant hin.

Hannah ließ Amando den Vortritt.

Lange Holztische und Bänke standen in dem Raum, an dessen Wänden zwischen aufgestapelten Weinflaschen abstrakte Bilder hingen.

»Haben Sie reserviert?«, fragte eine junge Frau.

Amando nannte seinen Namen.

Sie wurden zu anderen Gästen an einen der langen Tische gesetzt. Ohne jegliche Bestellung kamen Weißwein, Wasser und Vorspeisen auf den Tisch. Blutwurst, Sardinen, würziger Käse, Kartoffeln in Knoblauchsoße.

»Gibt es hier denn keine Speisekarte?«, fragte Hannah, obwohl sie ganz froh darüber war. Speisekarten konnten für sie ein ziemliches Hindernis darstellen.

»Weiß ich nicht«, wiederholte sich Amando. Den Hinweis auf dieses Lokal des Malers José Vila hatte er an der Rezeption des Hotels *Oriental* erhalten. »Fahren Sie mit Ihrer Chefin mal dorthin«, hatte der grauhaarige Portier gesagt, »bisher ist noch niemand enttäuscht zurückgekommen.« Amando hatte sich auch die Geschichte dieses Restaurants, das schon seit zwanzig Jahren von dem Maler in dem kleinen Städtchen betrieben wurde, erzählen lassen.

»*There will be no menu tonight!*«, mischte sich ein Mann ein, der gleich neben Hannah am langen Tisch saß. »José kocht immer nur das, worauf er gerade Lust hat. Also machen Sie sich auf ein paar Überraschungen gefasst!«

Der Mann, der sich als Manuel Romão vorstellte, sah Hannah lächelnd an. Sein scharf geschnittenes Gesicht und seine schmalen Hände ließen ihn wie einen Lausbuben erscheinen. Seine Frau Rosa schenkte ihnen Wein nach.

Nachdem sie gefüllten Tintenfisch, Reis mit Venusmuscheln in Koriandersud und Rochen mit Knoblauch probiert hatten, trat ein vollbärtiger Mann an ihren Tisch.

Er hatte einen Stapel Blätter dabei.

»Heute sind die Fahnen von meinem Buch gekommen, willst du mal sehen?« Der Maler hielt Manuel den Andruck des Umschlags hin.

Coisas da terra e do mar – sabores da cozinha algarvia lautete der Buchtitel, der auf ein Foto des zitronengelben Fensterladens gedruckt war. Darunter war ein Teller mit Sardinen und dicken Bohnen abgebildet, daneben ein Krug Weißwein und eine rot umrandete Schale mit grünem Salat.

Die Fotos von den Produkten und Speisen, die von João Mariano gemacht worden waren, besaßen eine solche Ausdruckskraft, dass man schon vom Hinsehen hungrig wurde.

Nach und nach blätterten Manuel und Rosa die am Rand noch unbeschnittenen Bögen durch. Immer wieder begeisterten sie sich an der Aufmachung des Buches.

»Darf ich mal sehen?«, fragte Amando.

Hannah war so fasziniert von dem Kochbuch des Malers, dass sie ihn fragte, wann sie ein Exemplar erwerben könne.

»Es soll in drei Monaten erscheinen«, erwiderte José, »spätestens in einem halben Jahr!«

»Haben Sie denn schon einen Verlag in Deutschland?«, fragte Amando. »Ich könnte Ihnen da behilflich sein. Ich arbeite mit Lizenzen von Büchern für den deutschen Markt.«

»Erst mal soll es hier erscheinen!«, antwortete José Vila. »Aber wenn Sie etwas für mein Buch tun wollen ...«

Er vollendete den Satz nicht, weil er in die Küche gerufen wurde. Der nächste Gang musste vorbereitet werden.

Manuel Romão sagte, *Vila Lisa* gehöre für Rosa und ihn zu den schönsten Lokalen an der Algarve. »Und ich kenne sehr viele davon, schließlich beliefere ich die meisten mit Wein. Auch der Wein, den Sie gerade trinken, stammt aus unserer *adega*.«

»Könnten wir die besichtigen?«, fragte Amando und schaute zu Hannah hinüber. Sie nickte ihm zu.

»Natürlich, wann immer Sie wollen! Kommen Sie vorbei, wenn es Ihnen passt.«

Sie vereinbarten gleich für den nächsten Morgen einen Termin. Wenn es so leicht ist, eine deutsche Reisejournalistin zufrieden zu stellen, dachte Amando, sollte ich vielleicht aufhören, mir ständig Gedanken zu machen. Das Buch von José Vila interessierte ihn sehr. Er wollte sich, bevor sie das Lokal verließen, noch die Visitenkarte geben lassen. Bestimmt gab es in Deutschland einen Verlag, der dieses wunderbare Buch in sein Programm aufnehmen würde. *Cooking is the rock 'n' roll of the nineties*, hatte ihm mal eine englische Kollegin bei der Frankfurter Buchmesse gesagt und ihm von den Einschaltquoten der Kochsendungen auf allen britischen Kanälen und den enormen Absatzzahlen der Rezeptbücher vorgeschwärmt.

»Eigentlich bin ich gar kein Koch«, sagte der Maler, nachdem sie seine Kichererbsensuppe mit Lammstreifen und frittiertes Huhn in Specksoße probiert hatten, »ich liebe die Gesellschaft anderer Menschen. Malen ist ein einsames Gewerbe. Stundenlang bewege ich allein meine Gedanken und meine Pinsel – immer in großer Stille. Das ist so gut. Als Gegengewicht brauche ich die Gesellschaft anderer. Und so kam ich vor zwanzig Jahren auf die Idee, dieses Restaurant für meine Freunde aufzumachen. Der Tisch, das Holz, die Unterhaltung, das Vergnügen, mit anderen am Tisch zu sitzen, das hat mich seitdem immer wieder erfreut.«

Der Maler hatte sich ein Glas Wein geholt und am Kopfende der langen Tafel Platz genommen.

»Das hier ist ein Haus zum Essen, mehr nicht. Wo Freunde willkommen sind, wo mit Hingabe und Zärtlichkeit gekocht wird, zugleich mit der Empfindung, die Kunst zu leben, ein Leben mit Sinn, mit Ehrlichkeit. Meine Küche ist ohne jegliche Tricks, gegen den Trend der touristischen Küche, die dabei ist, vieles zu zerstören. Wir benutzen nur das, was uns die Erde und das Meer bieten, und daraus bereite ich mit Leidenschaft und Zuneigung einfache Gerichte.«

Manuel und Rosa hoben ihr Glas, um dem Koch zuzuprosten. Hannah und Amando schlossen sich an.

Die Augen des Malers hatten eine seltsame Leuchtkraft, gerade so, als seien sie von innen angestrahlt.

»Was ist denn Ihre Leidenschaft?«, fragte Manuel Hannah.

Es dauerte eine Weile, bis sie sagte: »Reisen. Ich reise für mein Leben gerne.« Sie sah dabei lange Amando an, der mit dieser Antwort nicht zufrieden zu sein schien, aber mehr war ihr nicht zu entlocken.

»Ich liebe Bücher«, sagte Amando, »schon als Kind habe ich mich immer in die hintersten Ecken des Hauses verzogen, nur um in die Welt eines Buches abzutauchen. Mich gefangen nehmen zu lassen von Phantasien, von fernen Welten, von betörenden Erlebnissen. Deswegen bin ich froh, dass es mir gelungen ist, aus meiner Leidenschaft einen Beruf zu machen. Auch wenn das nicht immer ein leichtes Gewerbe ist.«

Manuel erzählte von seiner *adega* in Lagôa, dem größten Weinproduzenten an der Algarve. »Aber Sie werden sie morgen ja kennen lernen! Ich freue mich schon auf Ihren Besuch.«

Hannah war aufgestanden und betrachtete die Bilder an den Wänden. Die abstrakte Kunst war nicht ihre Welt, aber die Farben, die José Vila verwandte,gaben auch ihre eigenen Eindrücke von der Algarve wieder. Das helle Gelb des Sandes, das milde Rosa des Sonnenaufganges, das kompromisslose Schwarz einer sternenlosen Nacht.

»Interessieren Sie sich für Kunst?«, fragte José Vila.

Hannah zuckte zusammen.

»Ja, doch … ein wenig schon …« Sie kam ins Stocken, wandte sich von dem Maler ab. Als habe er sie bei einer unerlaubten Tätigkeit überrascht.

Vila schien ihre Verlegenheit zu spüren und ließ sie mit der Betrachtung seiner Bilder allein.

Währenddessen sprachen Manuel, Rosa und Amando darüber, wie schwierig es war, die Begeisterung zu leben, das Feuer täglich anzufachen, sich nicht kleinkriegen zu lassen von den immer wieder auftretenden Problemen und den nicht selten erheblichen Hindernissen, die sich einem in den Weg stellen konnten.

»Wenn ich nur an die Klagen meiner Winzer denke ...«, sagte Manuel. Rosa unterbrach ihn, sie kannte wohl schon das Lamento zur Genüge: »Das gibt es doch in jedem Job. Zeige du mir mal einen Berufszweig, in dem sich der Anspruch auf Glück dauerhaft realisieren lässt. Das ist wie die Suche nach dem Stein der Weisen. Und vielleicht ist es gut, dass wir uns stets auf dieser Suche befinden. Sonst würden wir bestimmt allzu träge ...«

Zum Nachtisch gab es Feigenkonfekt, kleine Bällchen aus flambierter Mandelmasse, Mokka aus Kupferkännchen und eisgekühlten *bagaço*.

»Wenn ich nicht gleich zu essen aufhöre, dann platze ich«, sagte Hannah zu Amando.

Auf dem Rückweg zum Hotel fuhr er ganz langsam.

Diesmal kannte er den Weg.

»Ist sie schon auf?«, fragte Amando den Manager des *Bela Vista*.

»Ich habe gerade erst meinen Dienst begonnen«, antwortete der Mann im eleganten Anzug. »Soll ich mal durchklingeln?«

Amando nickte. Beinahe hätte er verschlafen. Sie wollten gegen zehn Uhr in Lagõa sein, nun blieb ihnen nur noch eine viertel Stunde Zeit, um pünktlich in der *adega* zu erscheinen.

»Da meldet sich niemand«, sagte der Manager.

Sie hat sich bestimmt schon ohne mich auf den Weg gemacht, dachte Amando. Das nächste Mal muss ich unbedingt den Weckdienst beauftragen.

Er rannte den Treppenaufgang hoch.

»Und sagen Sie bitte Bescheid, dass Ihre Chefin das Zimmer behalten kann. Mister Winterbottom hat gestern am späten Abend die Reservierung abgesagt!«

Das Zimmer 103 lag auf der linken Seite des Flures. Bis in Kopfhöhe waren sämtliche Wände mit Azulejos bedeckt. Die Eroberung der Welt durch portugiesische Seefahrer schien ein unerschöpfliches Thema zu sein.

Amando klopfte.

Wirklich zu dumm, dass ich nicht rechtzeitig aus dem Bett gekommen bin, dachte er, ich muss mich sofort bei ihr entschuldigen.

Nach einer Weile wurde ihm die Tür geöffnet.

Hannah stand im Bikini vor ihm.

Nach einem flüchtigen Morgengruß sagte Amando: »Wir müssen los! Wir haben einen Termin.«

Hannah sah ihn bestimmt an: »Ich komme nicht mit!«

»Manuel erwartet uns!«, erwiderte Amando schnell, »er war doch so freundlich, uns einzuladen …«

»Ich möchte heute Morgen allein sein«, sagte Hannah. Sie hatte sich ein Badelaken genommen und begann, es sich um den schlanken Körper zu wickeln.

»Wenn Sie mal meine Aussicht von der Terrasse genießen wollen …« Sie streckte die Hand aus.

Nur widerwillig folgte Amando der Einladung.

Einen großen Unterschied zwischen seiner Aussicht und der im Hotel *Bela Vista* konnte er nicht erkennen. Warum hatte Hannah nur so hartnäckig auf diesem Zimmer 103 bestanden?

»Ich finde es nicht gut, wenn wir Manuel einen Korb geben. Immerhin hat er sich freundlicherweise bereit erklärt …«

»Aber ich habe mich anders entschieden!«, gab Hannah zurück.

»Mich interessiert diese Kooperative wirklich!«

»Dann fahren Sie eben allein!« Hannah setzte sich in den Liegestuhl und nahm ihr Buch zur Hand. »Sie können mir ja nachher alles berichten.«

Amando machte auf dem Absatz kehrt. Ohne noch etwas zu sagen, verließ er Hannahs Zimmer.

Als er im Auto saß, spürte er seinen Ärger. Was war das für eine Frau, die für viel Geld einen Portugiesen anheuerte, damit er ihr sein Land zeigt, und die dann überhaupt nicht neugierig war?

Auf der Fahrt nach Lagôa beschleunigte er den Toyota auf Höchstgeschwindigkeit. Von dieser schnellen Fahrt durfte er seinem Seat nichts erzählen, sonst würde er für immer seine Dienste einstellen. Aus lauter Eifersucht.

»Ich glaube, sie hat gestern ein wenig zu viel getrunken«, entschuldigte Amando seine Begleiterin, als er in Manuel Romãos Büro stand.

An den Wänden hingen gerahmte Urkunden, auf den Schränken

standen Pokale in jeder Größe. Der Bildschirmschoner des Computers zeigte einen Weinstock mit dunklen, vollen Reben im leuchtenden Abendlicht.

»Sie kann ja ein anderes Mal mitkommen, wenn es sie interessiert!«, erwiderte Manuel. Er sagte Amando, dass er gleich mit der Führung beginnen wolle.

Die Hallen, in denen die riesigen Fässer standen, reichten über viele Stockwerke nach oben, alte Eichenfässer, in denen bis zu 25.000 Liter Wein gelagert werden konnten. Sie standen eingemauert auf steinernen Sockeln. Manche von ihnen waren bis zu hundert Jahre alt. Es schien Amando so, als hätten sich die Fässer zu einem Familientreffen eingefunden, mindestens vier verschiedene Generationen waren vertreten.

»Einer von uns Brüdern musste sich um den Betrieb kümmern«, sagte Manuel, »und da ich immer schon eine Leidenschaft für den Wein hatte, für die Arbeit in den Weinbergen, für die Trauben … wenn Sie einmal bei einer Lese im Herbst dabei gewesen sind, dann möchten Sie dieses gemeinschaftliche Erlebnis nie mehr missen … habe ich mich nach dem Studium in London entschlossen, die *adega* zu leiten. Damals war es eine völlig überschuldete Kooperative. Heute schreiben wir schwarze Zahlen. Vierzig Arbeiter sind hier das ganze Jahr beschäftigt, plus fünfundvierzig während der Ernte.«

Mehr als eine halbe Million Flaschen, überwiegend Rotwein, stellte die *Cooperativa de Lagôa* im Jahr her. Hinzu kamen Dessertweine, Aperitifweine, sogar eine eigene Brennerei war vorhanden. In dieser Destille wurde der Schnaps gleich fassweise abgefüllt. Wegen der hohen Steuern lohne sich die Abgabe in Flaschen nicht, erklärte Manuel.

Auf dem Hof sah Amando eine Reihe weißer Lastwagen, auf denen sich leere Fünf-Liter-Ballons türmten. Das Glas bespritzt, die Plastikhüllen aufgerissen, in manchen Gefäßen schwammen zerbrochene Korken.

»Jeder von diesen Ballons könnte uns eine Geschichte erzählen«, sagte Manuel, »stellen Sie sich nur mal vor, wenn Menschen um einen Tisch sitzen, den Wein ausschenken, sie beginnen fröhlich zu werden, erzählen sich ihr Leben, die Stimmung wird ausgelassen, die alltäglichen Sorgen verfliegen, Freundschaften entstehen, erste Bande werden geknüpft … und jede Geschichte, die so ein Ballon erzählen könnte, ist verschieden von der nächsten … Was für ein Reichtum, finden Sie nicht?«

Im kaum beleuchteten Keller lagerten weitere Fässer.

»Da drüben haben wir 80.000 Liter, daraus wollen wir eines Tages einen Aperitifwein machen, da vorne sind rund 40.000 Liter, mit dem wir einen neuen Weißwein kreieren wollen.«

Schon der intensive Geruch des Kellers könnte einen betrunken machen.

»Wir müssen versuchen, eine Position auf dem europäischen Markt zu finden«, sagte Manuel, »seitdem wir in der EU sind, sollte das einfacher gehen. In einigen Ländern sind wir auch schon vertreten, aber das braucht seine Zeit … Momentan kreuzen wir bekannte Trauben wie Syrah oder Cabernet mit den hiesigen Sorten, damit die Europäer unsere heimischen Reben kennen lernen. Die sind ja keineswegs schlechter als die italienischen oder französischen.«

Am Schluss zeigte Manuel die Abfüllanlage, die 3.000 Flaschen pro Stunde schaffte, eine Neuerwerbung aus dem letzten Jahr.

»Damit sind wir einigermaßen wettbewerbsfähig … leider muss ich mich mit diesen Fragen beschäftigen, sonst könnte ich den Laden gleich dichtmachen. Zur Leidenschaft für den Wein muss auch ökonomisches Geschick kommen, ohne das geht heute gar nichts mehr!«

Amando hätte dem Direktor der Weinkooperative gerne noch länger zugehört, aber er wusste nicht, wie Hannah reagierte, wenn er sich allzu viel Zeit mit der Besichtigung ließ. Auf eine Weinprobe am späten Vormittag konnte er dagegen gut verzichten.

»Da haben Sie etwas verpasst«, sagte Amando, als er zwei Stunden später wieder auf Hannah traf.

Sie saß unter einem Sonnenschirm auf ihrer Terrasse und schien das Buch nicht aus der Hand gelegt zu haben.

»Wein gehört nicht in mein Ressort«, erwiderte sie, »dafür haben wir Spezialisten in unseren Reisemagazinen, das sind die ausgebufften Weinconnaisseure. Wenn ich mich auf diesem Feld auch tummeln würde, hätte ich schnell die Konkurrenten auf dem Hals.«

Das hätte sie aber auch gleich sagen können, dachte Amando ein wenig ungehalten.

So sehr er den Kopf drehte, es gelang ihm nicht, den Titel des Buches, in dem Hannah las, zu entziffern.

8

Der gesamte Innenraum der Kirche São Lourenço außerhalb von Almancil war von weiß-blauen Azulejos bedeckt, die Szenen aus dem Leben des heiligen Lorenz zeigten. Amando kaufte am Eingang ein Faltblatt, das Beschreibungen der Wandbilder enthielt.

São Lourenço hatte es sich zur Lebensaufgabe gemacht, den übergroßen Reichtum der Kirche an die Armen zu verteilen. Das erweckte das Misstrauen des Kaisers Valeriano, der ihn gefangen nehmen und foltern ließ. Aufgefordert, ihm die Reichtümer der Kirche zu zeigen, präsentierte der heilige Lorenz die Vielzahl der Armen, deren er sich angenommen hatte: »Das ist unser Reichtum!«

Über jedem Wandbild konnte man in lateinischer Sprache lesen, was das Bild darstellen sollte. *In craticula te deum non negavi.* Der heilige Lorenz weigerte sich, seinem Glauben abzuschwören, woraufhin er auf einen Rost über einem Feuer gelegt wurde. »Mitten in dieser grausamen Tortur dachte er, dass er auf einer Seite schon geröstet war. Also bat er den römischen Präfekten, ihn auf die andere Seite zu drehen«, las Amando leise vor. Überall standen Touristen, die, mit dem gleichen Faltblatt ausgerüstet, die Heiligengeschichte aus dem 3. Jahrhundert studierten. In mehreren Sprachen.

Die Kacheln der barocken Grabkirche wurden von dem berühmten Fliesenmaler Antonio Oliveira Bernardes 1730 gestaltet. »Diese Kacheln machen die Kirche zu einem der Wunder Portugals.« Amando beendete die Lektüre und sah zu Hannah hinüber. Offensichtlich hatte sie ihm nicht zugehört.

Vor dem Portal setzte ein lautes Hupkonzert ein.

Mitten hinein in die Stille der Betrachter.

Erschrocken sahen sich die Touristen an.

Eine Hochzeitsgesellschaft fuhr vor. Der Wagenkonvoi reichte bis zur Straße hinunter.

Festlich gekleidete Gäste sprangen aus den Autos.

Ratlose Gesichter, heftiges Gestikulieren.

Der Brautvater wischte sich den Schweiß von der Stirn und öffnete sein Hemd. Seine Frau fächelte sich Luft zu, sie schien einer Ohnmacht nahe.

Offensichtlich hatte man bei der rasanten Fahrt zur Kirche den Wagen des Brautpaares unterwegs verloren.

Aus der Sakristei kam der Priester mit den Messdienern. Er versuchte, die aufgebrachte Gesellschaft zu beruhigen.

»Lassen Sie uns gehen«, sagte Hannah, »bitte, schnell.«

»Wie Sie wünschen«, Amando verstaute das Faltblatt in seiner Jackentasche. Während die Hochzeitsgäste in die Kapelle strömten, drängelten die beiden sich durch die Menge.

»Ich mag solchen Trubel überhaupt nicht«, sagte Hannah.

Vor der Abfahrt in Praia da Rocha hatte sich Amando vorgenommen, mit der Deutschen über seine Rolle zu sprechen. Sie waren nun schon fünf Tage zusammen, ohne dass er ihr tatsächlich etwas hatte zeigen dürfen. Das Land hinter dem Land, war es nicht das, was sie von ihm eingefordert hatte? Dabei bestimmte Hannah, wie nach einem verborgenen Plan, wo es hinging, ließ meistens jede Neugier vermissen und verweigerte sich sogar, wenn es wirklich etwas zu entdecken gab. »Heute fahren wir nach Almancil und Estói«, hatte sie beim Einsteigen verkündet. Während der Fahrt spürte Amando, dass Hannah kaum ansprechbar war. »Ich habe sehr schlecht geschlafen«, erklärte sie ihm, »manchmal machen mich die nie endenden Geräusche des Meeres in der Nacht ganz verrückt.«

Nur wenige Schritte unterhalb der Kirche lag das *Centro Cultural São Lourenço*, das die Deutschen Marie und Volker Huber Anfang 1981 gegründet hatten. Damals kauften sie mehrere über zweihundert Jahre alte Gebäude und restaurierten sie sorgfältig. In den sechs Galerieräumen fanden regelmäßig Ausstellungen und Lesungen statt. Zum großzügigen Grundstück mit Innenhöfen und Terrassen gehörte auch ein Skulpturengarten, in dem bunt angemalte Kühe, liegende Nackte, hölzerne Giganten und steinerne Außerirdische aufeinander trafen. Günter Grass gehörte zu den regelmäßigen Gästen in diesem Kulturzentrum.

Warum hat sie sich denn nicht mal diese Hochzeit angesehen, dachte Amando, die wäre doch gewiss für eine Reisejournalistin von Interesse gewesen. Inzwischen hatte er erfahren, warum das Brautpaar so verspätet eintraf. Ihr Wagen war von einer Polizeikontrolle gestoppt worden. Erst als die Polizisten sahen, was der Grund für die rasante Fahrt war, hatten sie sich mit vielen Glückwünschen bei dem Paar entschuldigt und die beiden weiterfahren lassen.

Hannah betrachtete die marmornen Skulpturen von Georg Scheele. Hochpolierte, geschwungene Wesen, deren Eleganz die Wucht des schweren Steines vergessen ließ. Es schien gerade so, als hätte der Künstler den Marmor mit leichter Hand aus Wasser und Erde selbst geformt.

»Georg Scheele lebt hier ganz in der Nähe, in Alferçe, wollen wir ihn besuchen?«, fragte Amando.

»Vielleicht, mal sehen«, kam es von Hannah.

Lange blieb sie vor einem futuristischen Gebilde aus Bronze und Stahl stehen, ineinander verschlungene, fremde Zeichen, die auf geheime Weise ohne jegliche Berührung miteinander verbunden waren.

Amando kaufte einen Katalog von Scheeles Ausstellung, um ihn Hannah später zu schenken. Die Skulpturen dieses Künstlers schienen sie jedenfalls zu interessieren.

Als sie wieder in den Toyota stiegen, um nach Estói zu fahren, nahm Amando seinen Mut zusammen.

»Sie müssen das verstehen! Ich will Sie nicht drängen, aber manchmal kommt es mir so vor, als wollten Sie überhaupt nichts von mir gezeigt bekommen.«

»Das kommt Ihnen nur so vor«, antwortete Hannah.

»Wenn Sie mir sagen würden, worauf Sie besonderen Wert in Ihren Reportagen legen, könnte ich mich besser vorbereiten. So schwer dürfte es doch nicht sein, ein bisschen Planung in die Reise zu bekommen. Ich meine, Planung im Voraus.«

»Sie machen es doch ganz gut.« Hannah lächelte ihn an. »Brauchen Sie mehr Beifall?«

»Nein, darum geht es nicht«, sagte Amando, »ich will wissen, wozu Sie mich brauchen!«

Vielleicht sollte ich einfach meinen Mund halten, dachte er, der Job war gut bezahlt, in der gegenwärtigen Flaute war das Angebot der Deutschen gerade zur rechten Zeit gekommen, warum überhaupt nachfragen. Hannah schien keine Frau zu sein, die nicht wusste, worauf sie hinauswollte. Der Manager des *Bela Vista* hatte ihm gesagt, sie gebe dem Kellner immer genaue Anweisungen, was ihr

Frühstück auf der Terrasse betreffe. Selten habe er eine so entschiedene Einzelreisende in seinem Hotel zu Gast gehabt.

»Man muss sich treiben lassen«, sagte Hannah nach einer Weile, »nur so entsteht wirklich guter Reisejournalismus. Nicht nach einem Plan vorgehen, einfach schauen, nachdenken, Zusammenhänge entdecken.« Hannah steckte sich eine Zigarette an und hielt Amando die Packung hin.

»Ach«, entschuldigte sie sich schnell, »Sie rauchen ja gar nicht.« Schon zum zweiten Mal war ihr dieser Lapsus unterlaufen. Hoffentlich hatte Amando ihn nicht bemerkt.

»Sie werden mir also rechtzeitig sagen, wenn ich etwas für Sie herausfinden soll?«, fragte er nach. Amando gab sich mit ihrer Erklärung zufrieden, auch wenn er keinen Schritt weitergekommen war.

»Sie werden schon merken, wozu Sie gut sind. Ich brauche Sie wirklich, das können Sie mir glauben.«

Sie legte ihre linke Hand auf seinen Arm.

Den Rauch pustete sie aus dem geöffneten Fenster.

Am Ende einer schattigen Allee mit hohen Palmen lag der kleine, rosafarbene Palast von Estói, ein Rokokoschlösschen aus dem 18. Jahrhundert. Ein Schmuckstück in dem malerisch verwilderten Garten.

Zwei alte Frauen saßen auf der marmorgeflieste Bank und schaukelten Kinderwagen, während sie aufgeregt miteinander tuschelten.

»Soviel ich gehört habe, soll hier demnächst eine *pousada* entstehen«, sagte Amando. Diese Luxusherbergen waren bei vermögenden Touristen äußerst begehrt. Überall im Land wurden ehemalige Klöster, Burgen, herrschaftliche Landsitze, die in besonders schönen Gegenden lagen, zu *pousadas* umgebaut.

Hannah spähte durch das kunstvoll geschmiedete Gitter.

»Waren Sie schon mal hier?«, fragte sie, ohne sich nach Amando umzuschauen.

»Nein«, erwiderte er, »Sie zeigen mir jeden Tag etwas Neues in meinem Land.«

Nun lachten sie. Beide.

Zum ersten Mal schien es Amando, als habe Hannahs Lachen etwas Gelöstes, Befreiendes.

Er fragte den Kustos, was es mit der Geschichte des kleinen Palastes auf sich habe, und sie bekamen zu hören, dass ein Apotheker aus dem Alentejo Ende des 19. Jahrhunderts das heruntergekommene Schloss ersteigert habe und wieder in alter Pracht renovieren ließ. Als der portugiesische König davon erfuhr, habe er den Apotheker in den Adelsstand erhoben. Aber dessen Erben hätten den Park und das Schloss nun wieder verkommen lassen. »Wissen Sie, der Lauf der Geschichte ist ein stetes Auf und Ab, es kommt immer darauf an, was die einzelnen Generationen daraus machen«, beendete der Kustos seine Ausführungen.

Auf der Terrasse des Schlossgartens befand sich ein rechteckiges Bassin, in dessen Mitte eine Gruppe von drei Marmorfiguren zu sehen war. Ganz grün und gelb bemoost waren ihre Gesichter, gerade so, als wolle die Natur den behauenen Stein wieder zum Verschwinden bringen.

»Diese Gesichter kommen mir bekannt vor, ich habe sie irgendwo schon mal gesehen«, sagte Hannah, »Italien, Spanien, ganz bestimmt aber im Süden Europas.«

»Sie haben Recht«, erwiderte der Kustos, »Francesco Fabri hieß der Bildhauer, er war Italiener, von ihm stammen die Büsten der drei liebreizenden Grazien.«

Amando entdeckte auf der Brüstung des Estói-Palastes die Skulpturen, die Luis Camões und den Marques de Pombal darstellen, und besichtigte mit Hannah den kleinen, von Efeu umrankten, Liebespavillon, der mit weiß-blauen Azulejos geschmückt war.

»Ich kannte den Namen Estói bisher nur von der *Festada Pinha*«, sagte Amando, während sie unter einem blühenden Orangenbaum eine Rast einlegten. »Das Fest findet jedes Jahr am 1. Mai statt. Eine Gruppe von Männern begibt sich an die Küste, wo kräftig gefeiert und getanzt wird, abends kehren sie zurück zur Kapelle *Nossa Senhora do Péda Cruz* und entzünden ein riesiges Feuerwerk. Mit einem prächtigen Reiterzug und palmengeschmückten Wagen erinnern sie an die Rettung vor Räubern und Wölfen, die in früheren Zeiten den Maultierkarawanen aus dem Alentejo auflauerten. Die Bauern, die Wein und Früchte in den armen Süden brachten, waren so glücklich, wenn sie heil Estói erreichten, dass sie *NossaSenhora* in der Kapelle mit Gaben und Gebeten Dank sagten.«

»Behaupteten Sie nicht vor ein paar Tagen, es gebe an der Algarve gar nichts zu entdecken?«, sagte Hannah scherzhaft, als sie wieder in den Wagen stiegen, um nach Praia da Rocha zurückzukehren.

»Da habe ich mich von den vielen Betonklötzen täuschen lassen«, antwortete Amando. Er war ein bisschen beschämt.

Zwei Stunden später saßen sie im Strandlokal *Mare Sol* und ließen sich von Frau Hübsch bedienen. So hatten sie eine junge Portugiesin getauft, die ihnen mit bayrisch eingefärbtem Deutsch das Angebot der Speisen vortrug. Der Fisch sei ganz hübsch, der grüne Alvarinho sei besonders hübsch, nur das Wetter im Münchner Winter sei niemals hübsch gewesen. »*Meu Deus*, habe ich da gefroren!«

Hannah war in bester Laune. Prostete den rosafarbenen Wolken zu, den sanft einlaufenden Wellen und immer wieder Amando.

Sie erzählte ausgelassen von ihren Reisen, die sie in viele Länder geführt hatten. Amando wurde ganz schwindlig. Hannah schien wirklich schon die halbe Welt gesehen zu haben.

»Einmal fuhr ich mit meiner italienischen Freundin Angiolina und einem Freund aus Bremen nach Sardinien. Es war in der Zeit zwischen den Jahren. Ich glaube, wir waren in Sassari. Angiolina führte uns in ein versteckt liegendes Fischlokal. Völlig überfüllt, verräuchert, aber ganz gemütlich. An unserem Tisch saßen auch zwei Soldaten in Uniform. Wahrscheinlich hatten sie Weihnachtsurlaub. Und Angiolina, die ja jedes Wort auf Sardisch versteht, begann plötzlich zu übersetzen, worüber die beiden Männer sprachen. Die hatten keine Ahnung, dass sie belauscht wurden. Die Soldaten machten sich Gedanken, was der eine Mann wohl mit zwei Frauen anfangen wolle. Da sei doch eindeutig eine zu viel. Und sie überlegten, ob sie Angiolina oder mich dem Deutschen abspenstig machen wollten. Das ging eine ganze Weile. Irgendwann hatten sie sich entschieden, mich anzubaggern. Sie legten sich sogar eine Strategie zurecht. Einsame Soldaten, kurzer Weihnachtsurlaub, kleiner Flirt gefällig. Angiolina übersetzte das alles, ohne die beiden Männer dabei anzusehen. Dann kam das Essen. Ich wusste nicht, wie ich mit der Languste umgehen sollte, versuchte etwas ungeschickt, mit Messer und Gabel ihren Rückenpanzer aufzubrechen. Angewidert sahen sich die Männer an, der ältere sagte: ›Die Frau wollen wir nicht, das ist ja eine Mörderin der Fische!‹ Enttäuscht standen sie auf und zahlten. Wir haben den ganzen Abend noch darüber gelacht und uns ausgemalt, was passiert wäre, wenn ich die Languste fachgerecht zerlegt hätte.«

Auch Frau Hübsch lachte mit.

»Soll ich Ihnen den Fisch filetieren?«, fragte sie am Schluss.

»Nein, nein«, erwiderte Hannah, »das kann ich schon selbst!«

Hannah bestellte eine weitere Karaffe Sangria, die aus frischen Früchten, verschiedenen Likören und Rotwein gemischt wurde. Nach einem speziellen Rezept des Kochs, das er auf keinen Fall preisgeben wollte.

»Sie passen auf, dass wir nicht zu viel trinken«, sagte sie zu Amando.

»Ich bin der Reiseleiter«, antwortete er augenzwinkernd, »ich passe schon auf uns auf!«

Sie sprachen über die Freiheit des Reisens, über die fremden Eindrücke und neuen Erfahrungen, die einen aus der Bahn werfen, ja manchmal sogar der eigenen Lebensgeschichte einen völlig anderen Verlauf geben konnten.

Zum dritten Mal an diesem Abend strich sich Amando mit dem Zeigefinger über die Unterlippe.

»Können wir zahlen?«, rief Hannah.

»Ich weiß nicht, ob Sie zahlen können, aber dass Sie zahlen müssen, das ist leider eine traurige Tatsache«, sagte die junge Portugiesin, »dafür mache ich Ihnen eine hübsche Quittung für die Steuer. So was können Sie doch bestimmt gebrauchen, oder?«

Amando fragte enttäuscht, ob Hannah schon gehen wolle. Er zeigte auf die halb volle Karaffe Sangria.

»Sie können mich ja ein Stück am Strand begleiten, wenn Sie Lust dazu haben. Es ist so eine Nacht …«

Etwas unsicher erhob sie sich aus dem grünen Plastikstuhl, stand dann aber ganz gerade.

Frau Hübsch brachte die Rechnung. Hannah gab reichlich Trinkgeld und bedankte sich für die überaus freundliche Bedienung.

Sie zog die Schuhe aus und lief über den immer noch warmen Sand.

»Wer zuerst am Tunnel ist, hat gewonnen«, rief sie Amando zu. Schon war sie verschwunden. Sie rannte so schnell, dass er Mühe hatte, ihr zu folgen.

Die Mondsichel schaukelte hin und her, ein leichter Seewind frischte auf.

Hannah spürte, dass Amando ihr auf den Fersen war.

Nur noch zwanzig Meter bis zum Tunneldurchgang auf den anderen Strand.

Sie verlangsamte ihr Tempo. Unmerklich.

»Erster!« Amando schlug mit der flachen Hand auf dem Felsen an.

»Leichtathletik, Kurzstrecke«, Hannah war etwas außer Atem, »ich gratuliere.«

Gemeinsam gingen sie durch die dunkle Felshöhle.

Die gelben Elefanten hatten sich zur Ruhe begeben. Die steinernen Felskolosse zeichneten sich matt gegen den Nachthimmel ab.

Hannah griff nach Amandos Hand, zog ihn ganz eng an sich heran.

»Ich bringe dich jetzt zu einem magischen Ort!«

Kurze Zeit später hatten sie das kleine Felspodest erreicht. In der Dunkelheit war die Inschrift nicht zu erkennen.

Sie schmiegte sich an Amando, nahm sein Gesicht in beide Hände und küsste ihn.

Erst schnell wie ein Frosch, der aus dem Wasser hüpft, dann stürmisch und wild, wie die einlaufende Flut.

Hannah führte seine Hand an ihren Busen, öffnete den Gurt seiner Hose und ließ ihre Finger zwischen seine Beine gleiten.

Amando war überrascht und erregt zugleich.

Hannahs Küsse schmeckten salzig von der Meerluft und süß von der Sangria.

Sie zog sich aus und lief ins Wasser.

»Komm, es ist überhaupt nicht kalt!«, rief sie ihm zu.

Amando wäre beinahe gestolpert, als er versuchte, hastig die Hosen über die Schuhe zu streifen.

Hoffentlich finden wir nachher unsere Kleider wieder, dachte er, als er in die Fluten sprang.

»Hier bin ich!« Hannah streckte einen Arm aus. »Hier!«, und tauchte an anderer Stelle auf: »Hier!«

Sie war eine gute Schwimmerin.

Als er sie eingeholt hatte, nahm er sie in den Arm.

»Ich würde gerne mit dir schlafen«, sagte Hannah und küsste ihn.

Eine Welle hob sie gemeinsam hoch und setzte sie sanft wieder ab.

9

Die Tauben flogen auf. Wie auf ein verborgenes Zeichen hoben sich Hunderte in die Lüfte, kreisten über dem lang gestreckten Platz, um dann auf Dächern und Balustraden zu landen. In kurzen Abständen wiederholte sich das Spektakel. Kinder spielten unter weißen Sonnenschirmen, alte Männer saßen auf dem Rand des marmornen Renaissance-Brunnens, Studentenpärchen flanierten auf der Schattenseite des Platzes. Das Zentrum von Évora, der *Praçado Giraldo*, lag im dösigen Nachmittagslicht, als Amando und Hannah dort eintrafen. Sie hatten in der *Albergaria Solar de Mofalim* Quartier gemacht und statt der zwei bestellten Einzel- ein Doppelzimmer genommen.

Gusseiserne Kandelaber, gewölbte Arkadengänge, die ausgewogene Geometrie der schwarz-weißen Pflastersteine – alles machte auf diesem weitläufigen Platz den Anschein, als sei hier die Zeit stehen geblieben.

»Der Platz wechselt sein Gesicht, je nach Jahreszeit«, sagte Amando.

Hannah war vor dem Schaufenster eines Modegeschäftes stehen geblieben.

»Ich könnte dir mal einen neuen Hut schenken«, sagte sie und tippte an die Krempe von Amandos weißer Auffälligkeit.

»Das Angebot hättest du mir heute Morgen machen müssen. In der *Chapelaria Ideal* in Portimão gibt es die besten Hüte. Deswegen fahren wir aber nicht wieder die ganze Strecke zurück.«

Sie schlenderten Arm in Arm an den Läden vorbei, besahen sich die Auslagen und hielten ab und zu inne, um sich zu küssen.

Amando führte Hannah in die Buchhandlung Giraldo, wo er mit großem Hallo begrüßt wurde. »Schau an, der schöne Amando«, sagte die Besitzerin mit einem Blick auf Hannah, »welchen Verlag vertrittst du denn dieses Mal?« Er stellte Hannah als eine gute Bekannte vor, eine deutsche Reisejournalistin, die das besondere Portugal kennen lerne wolle, und er versuche, ihr bei der Recherche ein wenig behilflich zu sein.

»Nehmen Sie sich vor ihm in Acht«, riet die Buchhändlerin, »er sieht nur so harmlos aus. Wenn Sie einmal gesehen haben, wie er tanzt, dann ist es um Sie geschehen. Ich könnte Ihnen …« Amando war froh, als eine eilige Kundin ihr Gespräch unterbrach. Hannah kaufte sich einen Fotoband. Portugals stiller Süden, die weiten Landschaften des Alentejo, fotografiert zu verschiedenen Jahreszeiten.

Fast alle Balkone der Häuser rings um den Platz, deren Fassaden ausgeblichen waren, besaßen schmiedeeiserne Gitter. Bis hinauf in die obersten Geschosse. Als seien sie Ränge eines längst vergangenen Theaters gewesen.

»Kannst du dir vorstellen, dass auf diesem Platz bis zur Aufhebung der Inquisition Anfang des 19. Jahrhunderts Tausende hingerichtet oder verbrannt wurden?«, sagte Amando, als sie sich auf dem Brunnenrand zu den alten Männern gesetzt hatten.

»Welcher Stadt oder welchem Platz sieht man schon die schmerzvolle Geschichte an, die sie durchlebt haben? Wir bräuchten gläserne Fassaden, hinter denen die Tragödien sichtbar bleiben.«

Hannah beobachtete einen Mann, der starr geradeaus blickte. Seine Zähne mahlten, die Hände zitterten leicht. Er hatte den schwarzen Hut tief in die Stirn gezogen. Wie lange mochte er hier wohl stehen? Wochen, Monate, Jahre? Worauf wartete er? Während die anderen unaufhörlich miteinander schwatzten, schien er die Einsamkeit zu suchen.

»Hab ich dir zu viel versprochen?«, fragte Amando und knuffte Hannah in die Seite.

»Wir sind doch gerade erst hier angekommen«, erwiderte sie, ohne den Blick von dem alten Mann zu nehmen. Irgendwie ähnelte er einem entfernten Verwandten, auch wenn sein Gesicht von der Sonne ganz faltig gegerbt war.

Wie kleine Kinder hatten sich Hannah und Amando kurz nach Mitternacht ins Hotel *Bela Vista* gestohlen. »Die Tür zur Bar ist immer offen«, hatte Hannah am Strand geflüstert. »Während ich durch den Vordereingang gehe und den Nachtportier in ein Gespräch verwickele, kannst du dich an der Bar vorbei ins Treppenhaus schleichen. Du weißt ja, wo sich mein Zimmer befindet.« Amando hatte gesagt, hoffentlich begegne er keinem anderen Hotelgast an der Bar oder auf der Treppe. »Ich lasse dich nicht lange vor der Tür warten«, hatte Hannah ihn beruhigt. »Außerdem gibt es eine kleine Nische vor meinem Zimmer, in der du dich verstecken kannst, bis ich komme!« Es hatte fast eine viertel Stunde gedauert, bis Hannah endlich die Treppe hinaufgekommen war. »Der Nachtportier hat doch tatsächlich versucht, mit mir zu flirten! Er wollte mich gar nicht wieder gehen lassen.«

Kaum im Zimmer angelangt, hatten sie rasch die Kleider abgelegt und sich auf die Terrasse begeben. Die Mondsichel glühte am Sternenhimmel. »Bring die Matratze nach draußen!«, hatte Hannah gebeten. Amando hatte sich vergewissert, dass die Terrasse von keiner Seite einsehbar war, dann folgte er Hannahs Bitte. Sie lagen nebeneinander, und sein Geschlecht war so erregt wie zuvor am Strand, als Hannah ihre Finger zwischen seine Beine gleiten ließ. Sie beugte sich über ihn, strich mit ihrem Zeigefinger über seine Unterlippe und öffnete ihre Schenkel. Hannah ritt mit ihm weit übers Meer hinaus. Ein wilder Ritt unter dem hohen Himmel. »Ich hoffe, ich habe dich nicht überrumpelt«, hatte Hannah gesagt, als ihre Erregung abgeebbt war. »Von Überrumpeln kann gar keine Rede sein«, war Amandos Antwort gewesen, »du hast mich im Sturm genommen.«

Auf dem Gang durch die Stadt, oft flatterte Wäsche aufgeregt zwischen den Häusern, blickten sie in verschwiegene Innenhöfe, verliefen sich im Labyrinth von Gassen und Gässchen und bestaunten das Spiel von Licht und Schatten an den gekalkten Mauern. Das jüdische Viertel, das sich an die Praça do Giraldo anschloss, kam ihnen wie ein Verteidigungsbau vor, die schmalen Gassen waren so verwinkelt, dass ein durchgehender Blick unmöglich war.

Eng aneinander geschmiegt spazierten sie ziellos herum. Immer wieder blieben sie stehen, um die kleinen Szenen des geruhsamen Alltags zu betrachten. Langsam erwachte Évora aus dem ausgedehnten Mittagsschlaf. Irgendwo knatterte ein Moped hinter den Häusern vorbei. Auf einem Balkon, der von Geranien eingerahmt war, saß eine Frau im Schaukelstuhl und wiegte ihren Hund auf den Knien.

»Wenn mir jemand vor drei Tagen gesagt hätte, dass wir beide mal im Bett landen, hätte ich ihn für verrückt erklärt«, sagte Amando, »du warst so unnahbar. Wie nannte dich der Portier vom *Oriental*?« Er lachte. »Ihre Chefin! So hat er jedes Mal gesagt, wenn er von dir sprach.«

»Ach«, erwiderte Hannah, »mir gegenüber war er ausgesprochen zuvorkommend, als ich ihn am Morgen nach unserer Ankunft fragte, ob mein Reiseleiter denn noch in den Federn liege.«

Amando wies Hannah auf die Straßennamen hin. *Ruados Odreiros*, Straße der Schlauchhändler, *Rua Cozinhade Sua Alteza*, Straße der Küche seiner Hoheit, *Ruadas Amas do Cardenal*, Straße der

Ammen des Kardinals, womit Kardinal Henriques gemeint war, der im hohen Alter von Ammen ernährt werden musste.

Auf dem *Largo da Portade Moura*, einem Platz, der von weißen Häusern und Kirchen umgeben war, bewunderten sie eine marmorne Weltkugel, die auf einem Brunnen aus dem Jahre 1556 thronte. Sie sollte an die Glanzzeiten der Entdeckungen und Eroberungen erinnern. Die eingemeißelten Grenzen der damals bekannten Länder und Kontinente waren aber kaum noch auszumachen.

»Évora gehört seit 1986 zum Weltkulturerbe«, sagte Amando, als sie vor den Ruinen des römischen Tempels ankamen, dessen vierzehn Säulen aus Granit und deren Kapitelle aus Marmor bestanden. Im Mittelalter war dieses Wahrzeichen der Stadt als Schlachthaus zweckentfremdet worden.

»Évora ist für mich die schönste Stadt in Portugal«, Amando machte eine kleine Pause, »kommt direkt hinter Porto.«

»Und wann kommt Kölle, deine Jeburtstaadt?«, fragte Hannah.

»Nach Porto kommt erst mal janz lang ja nix«, antwortete Amando, »danach sin mir alle Städte gleich liew!«

Sie setzten sich auf eine steinerne Bank im schattigen Garten hinter dem römischen Tempel. Gemeinsam genossen sie die weite Aussicht über die neue Stadt, die sich außerhalb der alten Stadtmauer ausgebreitet hatte. Von hier aus konnte man auch Teile eines Aquäduktes sehen. Im Hintergrund sanfte Hügel, die sich bis zum Horizont erstreckten.

Amando vor den Blicken eines neugierigen Zimmerkellners des *Bela Vista* zu verbergen, war am Morgen nach ihrer ersten gemeinsamen Nacht nicht einfach gewesen. Bevor Hannah im Bademantel die Zimmertür öffnete, musste Amando schnell verschwinden. Manolo, der Kellner, hatte Hannah Frühstück gebracht und das Tablett wie immer auf dem antiken Sekretär unter dem Fenster abgestellt. Dabei war sein Blick wohl auf die Terrasse gefallen, wo sich noch die Matratze befand. Daraufhin wollte er Hannahs Zimmer gar nicht mehr verlassen. Amando hielt den Griff der Badezimmertür fest in der Hand, weil er jeden Moment damit rechnete, entdeckt zu werden, und konnte mit anhören, wie Manolo weitschweifige Bemerkungen über die gut anlaufende Saison, über das prachtvolle Strandwetter, über die demnächst eintreffenden illustren Hotelgäste machte. Hannah musste ihre ganze Überredungskunst aufbringen, um ihn wieder aus dem Zimmer hinauszukomplimentieren. »Brauchen Sie auch wirklich nichts, gnädige Frau?«, hatte der Kellner dreimal gefragt. Als sich Hannah eine Stunde später an der Rezeption die Rechnung geben ließ, hatte der elegant gekleidete Manager zu ihr gesagt, dass sie das Zimmer selbstredend als Einzelzimmer berechnet bekomme. »Für alle sechs Tage!«, hatte er hinzugefügt und sie mit verschwörerischem Blick angesehen.

»*Nós ossos que aqí estamos – Pelos vosso sesperamos*« stand über dem Eingang der Knochenkapelle. »Wir, die hier versammelten Gebeine, warten auf die euren.«

An der Längsseite der *Igreja Real de São Francisco* befanden sich vier abgedunkelte Gewölbe, die ganz und gar mit Schädeln und Knochen angefüllt und im Lauf von Jahrhunderten kunstvoll übereinander gestapelt worden waren.

»Das musst du dir ansehen«, sagte Amando und zog Hannah tiefer in die mittlere Kapelle hinein. »Hier liegen über fünftausend Knochenreste.« Die braun angelaufenen Gebeine, die kalten Augenhöhlen der Verstorbenen, die zertrümmerten Skelette erschienen Hannah beinahe unwirklich. Als hätten diese Toten niemals gelebt.

»Wozu soll ich mir das ansehen?«, fragte Hannah. Sie ließ Amandos Hand los. »Das Leben hält für unsereins schon genügend Alpträume bereit. Findest du nicht?«

Sie wandte sich ab und strebte dem Ausgang zu.

Als sie wieder im Freien stand, holte sie tief Luft.

Auf der kleinen Terrasse des Hotels *Solar de Monfalim* lag das erste Morgenlicht, als Amando sich zum Frühstück einfand. Hannah hatte sich nur murmelnd auf die andere Seite gedreht, sie brauche mindestens noch eine Stunde Schlaf, vorher sei mit ihr nicht zu rechnen. Sie war in der Nacht einige Male aufgewacht, hatte das Bett verlassen, wie Amando feststellen konnte, und war unruhig im Zimmer hin und her gegangen. Lange Zeit hatte sie am offenen Fenster gestanden und in die Nacht hinausgeschaut.

Amando trank am Frühstücksbüfett zwei Glas Orangensaft, wegen der Vitamine, und ein Glas frische Milch, gegen die Säure, und bestellte sich Kaffee. »Viel Kaffee!« Er nahm sich eine Morgenzeitung und begab sich auf die Terrasse, auf der drei kleine gedeckte Tische standen.

Wie immer begann er die Zeitungslektüre mit dem Feuilleton. Er studierte die Rezension eines französischen Autors, dessen Erstling ein Lissabonner Verlag, schon viele Monate bevor es erschienen war, zum Kultbuch erhoben hatte.

Die Kellnerin brachte den Kaffee und eine Schale mit Haferschleim. Amando stutzte.

»Was soll das sein?«, fragte er fröhlich. »Sieht mir aus, als habe jemand frisch angerührten Beton bestellt.«

»Das ist *porridge*, warmer Haferbrei!«, sagte die Kellnerin mit einem gewissen Lächeln.

»Und das kann man essen?«, erwiderte Amando. Er blickte auf den bunt gemusterten Tellerrand, das einzig Farbige an dem Gericht.

»Als Sie letztes Mal in unserem Hotel zu Gast waren, haben Sie vehement darauf bestanden. Es war gar nicht leicht, die Hafergrütze heute Morgen so schnell zu besorgen.«

»Ich würde niemals so etwas bestellen!« Amando schob den Teller mit der dampfenden, weißgrauen Masse von sich. »Nehmen Sie es bitte wieder mit! Wie hieß es noch mal?«

»*Porridge*!«, antwortete die Kellnerin. Amando konnte ihr ansehen, wie enttäuscht sie war.

Er wandte sich wieder der Morgenzeitung zu. Der FC Porto hatte am Samstag ein schweres Spiel vor sich, zwei Ausfälle in der Verteidigung machten dem Trainer zu schaffen. Amando war, wie sein Vater und fast alle Mitglieder seiner weit verzweigten Familie, Fan des FC Porto.

Als Hannah anderthalb Stunden später erschien, ihr Gesicht sorgfältig geschminkt, die dunkelblonden Locken waren frisch geföhnt, fragte die Kellnerin, was sie zu trinken wünsche.

»Grünen Tee«, erwiderte Hannah.

»Du hast ja noch gar nichts gegessen«, sagte sie zu Amando. Das Besteck lag unbenützt neben seinem Teller, nur die Kaffeekanne war bis auf einen kleinen Schluck geleert.

»Ich muss so oft alleine frühstücken, wenn ich unterwegs bin«, antwortete er. »Ich wollte auf dich warten!«

»Ihr Mann hat sogar heute sein *porridge* verschmäht!«

Hannah lachte laut auf. Ein wenig zu schrill.

Sie wandte sich zur Kellnerin um.

»Da müssen Sie uns verwechseln. Der Herr hier ist nämlich gar nicht mein Mann.«

Amando bemerkte, dass Hannah dem Blick der jungen Kellnerin standzuhalten versuchte.

»Entschuldigung«, presste sie hervor. Ziemlich verlegen. Dann verließ sie die Frühstücksterrasse.

Noch bevor sie in der Küche den grünen Tee in Auftrag gab, ging sie zur Rezeption.

Luis war gerade damit beschäftigt, die Reservierungen für die nächsten Tage zu überprüfen, offensichtlich war die Suite im dritten Stock zweimal gebucht worden.

»Kannst du mir mal das Meldebuch geben, Luis?«

Wortlos reichte ihr der Portier die in schwarzes Leder gebundene Kladde, auf deren Vorderseite das Hotelwappen eingeprägt war.

Es dauerte gar nicht lange, bis sie den Eintrag gefunden hatte. Diese Deutsche war vor zwei Jahren schon mal im *Solar de Monfalim* abgestiegen, da hatte sie sich also nicht getäuscht. Auch damals hatte sie ein Doppelzimmer gebucht.

Als sie Luis auf die Deutsche ansprach, sagte er lapidar: »Dann ist sie eben jetzt mit einem anderen Mann da!«

»Ja, aber sie behauptet, ich hätte sie verwechselt!« Wie zum Beweis verwies sie auf die beiden Einträge.

Der Portier schüttelte den Kopf: »Wie kannst du nur so taktlos sein, Elena? Ist doch klar, dass sich die Frau in so einer Situation nicht zu erkennen geben will!«

»Die sehen sich aber wirklich verblüffend ähnlich, diese Männer!«, sagte die Kellnerin entschuldigend. Im Melderegister hatte sie festgestellt, dass die Namen nicht identisch waren.

Eine Stunde später kamen Hannah und Amando an die Rezeption, um den Zimmerschlüssel abzugeben.

Während Amando nach einer neueren Straßenkarte fragte, blätterte Hannah in den Prospekten, die auf dem Tresen lagen.

»Wir können losfahren, wenn du so weit bist!«, sagte er, nachdem er eine Weile gewartet hatte.

»Ich warte nur auf dein Zeichen!«, erwiderte Hannah.

»Einen wunderschönen Tag«, wünschten Luis und Elena.

Fast synchron.

»Den werden wir haben«, erwiderte Amando.

Er schaute die Kellnerin lange an.

10

Die flachen weißen Häuser von Évoramonte wurden von hoch aufragenden Kaminen gekrönt, die wie Finger einer Hand zum Himmel zeigten. Das kleine Städtchen lag auf einem fünfhundert Meter hohen Bergrücken, von dem man das dreißig Kilometer entfernte Évora erblicken konnte. Die wuchtige Trutzburg, deren Schießscharten wie Augenschlitze erschienen, war im Stil der italienischen Renaissance erbaut.

»Ein so weites Land. Ein Mensch kann hier sein Leben lang gehen, ohne sich jemals zu finden, wenn er verloren auf die Welt kam«, zitierte Amando, als sie den Burghügel erklommen hatten. »Das schrieb José Saramago in seinem Roman *Hoffnung im Alentejo*. Wie ich finde, ist er gegenwärtig unser bester Schriftsteller in Portugal.«

Hannah bat Amando, die Sätze des Dichters noch einmal zu wiederholen. Den Roman wollte sie sich unbedingt besorgen.

Der Blick über das hügelige Land mit den knorrigen Ölbäumen und geschälten Korkeichen, steppengelben Feldern und Weinbergen in strenger Geometrie begeisterte Hannah immer wieder aufs Neue. Das Alentejo kam ihr manchmal wie die Hügellandschaft der Toskana vor. Obwohl zwischen den beiden Regionen ein großer Unterschied bestand. Jenseits des Tejo, *além Tejo*, war Portugals Armenhaus.

Während der Fahrt hatte Amando ihr erzählt, warum der Süden so viel ärmer als Portugals Norden sei. »Dort sind die Besitzverhältnisse vollkommen anders. Im Norden hat jeder ein Stück Land, man hat Hühner, Schweine, Kühe, baut Gemüse und Obst an, macht seinen eigenen Wein. Aber im Alentejo arbeiten die Menschen auf einem Land, das ihnen nicht gehört. Deswegen wurde diese Provinz nach der Revolution 1974 auch als erste kommunistisch.« Außerdem bestehe in dieser Gegend nach wie vor eine ziemlich große Landflucht. »Emigration hat Tradition in Portugal. Wer kann den jungen Leuten verdenken, wenn sie in die Städte ziehen, hier gibt es nichts zu verdienen. Seit dem 16. Jahrhundert verlassen wir unser Land. Erst waren es die Azoren, später

Frankreich und Deutschland. Mein Vater wurde ja auch weggeschickt, weil es damals in Porto keine Arbeit für ihn gab.« Hannah hatte wissen wollen, warum die meisten Emigranten nicht eines Tages zurückkommen würden. »Auf Portugiesisch heißt Heimat *terra*«, antwortete Amando. »Das bedeutet auch das eigene Stück Land. Die Alentejaner haben so etwas nicht.«

Sie gingen die schmale gepflasterte Straße hinunter, deren Steine kreuz und quer verlegt waren, verkeilt zu einem chaotischen Muster. Unterwegs grüßten sie einen Alten, dessen Schuhe ausgetreten waren und dessen grobes Hemd Löcher an den Ellbogen aufwies.

Fast alle Türen waren verschlossen. Eine schwarz gekleidete Frau saß vor dem Haus und hielt die Arme unterm Busen verschränkt.

»Könntest du ihn mal kurz duschen!«, rief ein junges Mädchen im bunten Sommerrock. Sie fasste ihren struppigen Hirtenhund am Nacken und zerrte ihn auf die Mitte des Kirchplatzes, wo ein braun gebrannter Mann seinen Wagen wusch.

»Klar, bring ihn mal her!«, erwiderte der Autowäscher.

Der Hund schien nicht gerade ein Freund des kalten Wassers zu sein.

Der Mann verstellte die Düse des Gartenschlauches und brauste den Hund ab. Immer wieder gelang es dem zotteligen Tier, dem Wasserstrahl zu entkommen.

»Aber festhalten musst du ihn schon selber«, rief der Mann mit dem nackten Oberkörper.

Schon war der Rock der jungen Frau in Mitleidenschaft geraten. Der Mann entschuldigte sich.

»So einen Hund hatten wir auch mal«, sagte Amando. »Er hieß Reno und war jeder Wäsche vollkommen unzugänglich. Wenn meine Mutter versuchte, ihn in die Badewanne zu stecken, war sie am Ende selbst völlig nass gespritzt. Spätestens wenn Reno sich ein paar Mal richtig geschüttelt hatte. Später musste ich das Waschen übernehmen. Kein leichter Job, weil Reno im Alter immer bissiger wurde.«

»Schau mal«, Hannah fasste Amando an der Schulter. Aus drei Häusern kamen Frauen mit ihren Hunden.

»Heute scheint Waschtag zu sein«, sagte sie lachend.

Geduldig stellten sich die Frauen an, bis sie mit ihren Lieblingen an der Reihe waren.

Im Gegensatz zu dem Hirtenhund genossen die anderen Vierbeiner die kalte Dusche durchaus.

»Da fühlt sich der Pudel wohl«, kommentierte Amando. »Komm, lass uns weiterfahren, sonst schaffen wir unser Programm heute nicht mehr.«

»Wäre das denn so schlimm, Amando?«, Hannah wollte sich nicht so schnell von dem Anblick trennen. »Ich reise lieber ohne Programm.«

»Ach«, erwiderte Amando, »den Eindruck hatte ich bisher nicht!«

Auf der Fahrt nach Estremoz erzählte er Hannah die Legende der Königin Isabel, der Nationalheiligen Portugals, die im 14. Jahrhundert in dieser Gegend gelebt hatte.

»Sie wurde schon mit elf Jahren verheiratet, die Brautwerber hatten die aragonesische Prinzessin nach Estremoz geholt. König Dinis I. muss ein äußerst argwöhnischer Gemahl gewesen sein. Isabel ging heimlich in die Schlossküche, ließ sich Brot und Kuchen geben, um sie an die Armen zu verteilen. Das machte sie immer, wenn sie Zeit dazu fand. Ihr Mann hatte wohl das Gefühl, sie treffe sich hinter seinem Rücken mit einem Geliebten. Er lauerte ihr auf, um zu sehen, was sie im Korb unter ihrem Tuch versteckt hielt. Als er es einmal mit einem schnellen Griff hochzog, hatten sich die Brote jedoch in Rosen verwandelt. So jedenfalls erzählt es die Legende. Aber du magst ja Legenden, Hannah, oder täusche ich mich da?«

Amando parkte den Wagen direkt unterhalb der mittelalterlichen Festungsmauer. Sie gingen über eine Zugbrücke hinauf in die Oberstadt von Estremoz.

»Müssen Männer eigentlich immer misstrauisch sein?«, fragte Hannah und strich vorsichtig mit der Hand an einer Mauer aus verwittertem Sandstein entlang.

Amando sah sie verwundert an, ging aber nicht auf Hannahs Frage ein. »Dinis war überhaupt der erste König Portugals, der lesen und schreiben konnte. Vorher waren für diese Aufgaben die Berater des Königs am Hofe zuständig.«

Die schmale und hohe Statue der heiligen Isabel, die auf der Mitte eines gepflasterten Platzes stand, war aus grauem, verwittertem Marmor. Gegen das Sonnenlicht ließ sich der Strauß Rosen in ihrem Schoß kaum ausmachen.

»Wenn wir nach Coimbra kommen, können wir ihren silbernen Sarkophag besichtigen«, sagte Amando, »Königin Isabel starb im Juli 1336 zwar in diesem Kastell, wurde aber in Coimbra beigesetzt. Die Stadt feiert jedes Jahr Anfang Juli das Fest der Rainha Santa Isabel. Sieben Tage lang. Manchmal werden dabei Teile ihrer Leiche ausgestellt. 1996 habe ich ihre rechte Hand gesehen.«

»Wie appetitlich«, erwiderte Hannah.

Cida de branca onde brilha o mármore, weiße Stadt, wo der Marmor glänzt, so lautete eine Beschreibung von Estremoz. Der fast dreißig Meter hohe und zinnengekrönte Bergfried, *Torre de Menagem*, den Hannah sofort besteigen wollte, war ebenfalls aus weißem Marmor erbaut. Amando zog es vor, an der Bar der *Pousada de Santa Isabel* einen Kaffee zu nehmen.

Ich werde sie nicht darauf ansprechen, dachte er, während er den Zucker in die kleine Tasse rieseln ließ, mal sehen, ob sie von sich aus davon anfängt. Während der Fahrt hatte er immer wieder an diesen seltsamen Tagesbeginn denken müssen.

Amando besorgte den Schlüssel zur *Capela Rainha Santa Isabel*, nachdem der Barmann ihn gedrängt hatte, die einzigartigen Azulejos mit den Episoden aus dem Leben der Heiligen zu besichtigen. »Die müssen Sie der Deutschen unbedingt zeigen. So etwas Schönes gibt es in ganz Portugal nicht zu sehen!« Ein echter Lokalpatriot, dachte Amando, der diese Haltung seiner Landsleute nur zu gut kannte. Der Hang zu Superlativen war auch ihm nicht ganz fremd.

Als Hannah von der Turmbesteigung zurückkam, war sie ziemlich erschöpft und wollte gleich weiterfahren. »Wenn ich zu viel auf einmal sehe, dann sehe ich gar nichts mehr. Kannst du das verstehen?«

Sie küsste Amando auf den Mund, bevor sie in den Wagen stiegen.

»Sollen wir umkehren und nach Évora zurückfahren?«, fragte er.

»Wir können doch auch morgen unsere Tour fortsetzen!«

»Nein, nein«, erwiderte Hannah. »Ich bin ganz brav und folge deinem Programm.«

In der Unterstadt, dem neueren Teil von Estremoz, fuhren sie an einem großen Markt vorbei, der Kunsthandwerk aus dem Alentejo feilbot. Stände mit glasierten roten und braunen Tontöpfen, die mit Blumenmustern kunstvoll dekoriert waren, Holzschnitzereien, die Ochsengespanne und Landarbeiter darstellten, gewebte Teppiche in verhalten blassen Farben.

Wie riesige Schutthalden kamen ihnen die Marmorsteinbrüche zu beiden Seiten der Straße nach Borba vor. Aufgerissene Felswände, gewaltige Hügel mit steinernem Geröll, verrostete Stahlseile und zurückgelassene Kräne. Die derart verschandelte Landschaft konnte einen die Schönheiten des edlen Gesteins durchaus vergessen lassen.

Fast alle Häuser waren mit dem rosa-weißen Estremoz-Marmor verziert. Tür- und Fensterlaibungen, Treppen, Schornsteine, gepflasterte Patios, Balkone und Erker.

»Das ist Cristina!« Amando stellte das Autoradio lauter. Er sang den Fado mit.

Besiegte Seelen
verlorene Nacht
bizarre Schatten
in Mouraria.
Ein Zuhälter singt
Gitarren weinen
Liebe und Eifersucht
Asche und Feuer
Schmerz und Sünde
all das geschieht
all das ist traurig
all das ist Fado.

»Cristina ist eine der Nachfolgerinnen der einmaligen Amália«, sagte Amando. »Als die Lissabonner *fadista* 1996 starb, wurde in Portugal Staatstrauer angeordnet. Drei Tage lang.«

Eine halbe Stunde später erreichten sie Vila Viçosa.

Der Herzogspalast auf dem *Terreiro do Paço*, einem Platz, auf dem früher höfische Feste und Stierkämpfe stattfanden, hatte ungeheure Ausmaße. Die dreistöckige Renaissancefassade war über hundertzehn Meter lang, dreiundzwanzig Fenster reihten sich auf jeder Etage nebeneinander. Der weitläufige Platz, auf dem einige Zypressen wie schwarze Ausrufezeichen standen, flimmerte im gleißenden Mittagslicht.

»In diesem *Paço Ducal* erstach 1512 der Herzog Dom Jaime vor den Augen der versammelten Dienerschaft seine Gattin und ihren vierzehn Jahre alten Pagen. Er glaubte, die beiden hätten ein Verhältnis. Der Verdacht war unberechtigt, wie sich später herausstellte. Dom Jaime soll äußerst eifersüchtig gewesen sein.«

Hannah schüttelte den Kopf. »Du scheinst ja eine Vorliebe für solch blutrünstige Eifersuchtsdramen zu haben, Amando. Ich dachte, du wärst an Literatur interessiert.«

»Aber Eifersuchtsdramen verkaufen sich eindeutig besser«, gab Amando zurück, »und als Buchvertreter muss ich es wissen!«

Wieder küsste Hannah ihn, und es hatte den Anschein, als wolle sie ihm den Mund verschließen.

Die Hauptader von Vila Viçosa, was wörtlich übersetzt üppig grünes Städtchen hieß, war eine breite Allee. Dort standen, eingerahmt von ausladenden Blumenarrangements, die Büsten des Malers Henrique Pousão und der Dichterin Florbela Espanca.

Lange blieb Hannah vor dem marmornen Fensterrahmen einer Ruine stehen, in das Azurblau des Himmels ragte der Ast einer violett blühenden Bougainvillea. Sonst war der Rahmen leer.

Beim Mittagessen in einem kleinen Lokal gegenüber der Markthalle hielt Amando es nicht mehr aus.

»Das war doch kein Zufall heute Morgen, Hannah.«

Sie blickte von ihrem Teller auf.

»Wieso kommst du gerade jetzt darauf?«

»Ich habe die ganze Zeit gewartet, dass du etwas sagst. Ich denke, du bist mir eine Erklärung schuldig.«

Hannah strahlte Amando an.

»Ich gebe dir gerne eine Erklärung … ich habe mich … ganz gegen meine Absicht … in dich verliebt!«

Amando nahm einen Schluck Wein.

»Und wie war mein Vorgänger? Muss mir ja verdammt ähnlich gesehen haben, wenn ich schon beim Frühstück mit ihm verwechselt werde.«

Hannah griff nach seiner Hand.

»Ich weiß nicht, was du damit andeuten willst, Amando!« Hannah hielt seinem Blick stand. »Das war tatsächlich eine Verwechslung, das musst du mir glauben.«

Hannah zog seine rechte Hand zu sich hinüber, hob sie an und küsste die Fingerspitzen.

»Und außerdem bist du ja heute Morgen verwechselt worden, oder nicht?« Nun küsste sie den Daumen. »Warst du schon mal in diesem Hotel? Vielleicht mit einer deutschen Frau? Das könnte ich dich genauso fragen.« Sie machte eine Pause. »Aber ich käme gar nicht auf diese Idee!«

Der Ober brachte den Ziegenbraten und die mit Rosmarinzweigen geschmorten Kartoffeln.

»Darf ich noch etwas Wein nachschenken?«, fragte er mit leiser Stimme.

Hannah hielt ihr leeres Glas hin.

Amando lehnte ab, er müsse fahren.

»Sind Sie auf der Suche nach einer Beziehung?«, fügte Amando an. »War das nicht die Frage, die du mir in Lissabon gestellt hast? Deine Testfrage! Oder habe ich mich da verhört?«

»Wenn ich es doch sage ... ich wollte mich nicht in dich verlieben ... in niemanden, wirklich nicht ... Bist du schon eifersüchtig? Sogar auf imaginäre Vorgänger?«

Amando nahm einen Schluck Mineralwasser, hielt das Glas vor sich und linste über den Rand.

»Ich bin keineswegs eifersüchtig ...«

»Ach, den ganzen Tag erzählst du mir Geschichten von Mord und Eifersucht«, unterbrach ihn Hannah, »wenn das kein Zufall ist!«

Nun musste Amando lachen.

»Ich dachte, du interessierst dich auch für unsere portugiesische Geschichte!«

»Aber nicht dafür, wer wen aus welchem Grund vor vielen Jahrhunderten aus dem Weg geräumt hat.«

»Der Grund war immer die Liebe, Hannah, oder manchmal die verschmähte Liebe!« Amando strich ihr übers Haar. »Und darüber weißt du doch wohl auch einiges zu erzählen!«

Auf der Fahrt nach Reguengos de Monsaraz musste Amando immer wieder anhalten. Die Eindrücke waren überwältigend. Hannah wollte die Schafherden und die kastanienfarbenen Stiere anschauen, begeisterte sich für die jahrhundertealten Olivenbäume, deren knorrige Stämme gespalten und in sich verdreht waren, und die hoch aufgeschichteten Borken der Korkeichen, die wie verlassene Kokons am Wegrand gelagert wurden.

Von Reguengos de Monsaraz fuhren sie Richtung spanische Grenze zum letzten Ziel ihrer Rundfahrt.

Monsaraz, ein mittelalterliches Bollwerk gegen maurische Brandschatzer und Plünderer, thronte auf einer Bergkuppe und war von einer vollkommen erhalten gebliebenen Stadtmauer umgeben. Von grün bemoostem Stein eingefasst, erschienen die weißen Häuser wie ein Blütenkelch.

Vielleicht war es wirklich nur eine Verwechslung, dachte Amando. Er hatte Hannah vorauseilen lassen. Sie wollte sich von der Brüstung der Burgruine das langsame Versinken der Sonne anschauen. Die Kellnerin ist bestimmt sauer gewesen, dass sie sich für dieses blöde *porridge* so ins Zeug gelegt hat, und ich wollte es nicht mal anrühren, dachte er.

Er schloss den Wagen ab.

Auf der Mauer saßen drei alte Männer, deren Silhouette sich gegen das Sonnenlicht, wie ein Scherenschnitt, ausnahm. Ihre schwarzen Hüte hatten alle drei in den Nacken geschoben.

Nun erst fiel Amando auf, dass er am Morgen vergessen hatte, seine weiße Auffälligkeit, wie Hannah ihn getauft hatte, mitzunehmen. Das war ihm schon lange nicht mehr passiert.

Ich bin mal gespannt, wann Hannah endlich mit der Arbeit beginnt, dachte er. Auch wenn wir erst eine Woche unterwegs sind. Es konnte doch nicht sein, dass sie alles im Kopf behielt. Ob Hannah sich überhaupt irgendwelche Notizen machte?

Die schmalen Gassen, deren Pflaster wie schräg versetzte Dachschindel verlegt war, führten an weiß gekalkten Hauswänden vorbei. Nur wenige Farbflecken, blaue Glyzinien und purpurfarbene Bougainvillea.

Er entdeckte Hannah, die mit den Daumen und Zeigefingern ihrer beiden Hände einen Rahmen bildete, durch den sie die weite Landschaft betrachtete. Ganz so, wie er es schon einmal bei Dreharbeiten in Porto gesehen hatte. Bei einem befreundeten Kameramann, der auf der Suche nach dem besten Bildausschnitt für die nächste Einstellung war.

Ganz versunken erschien sie ihm.

»Komm hier herauf, schnell«, rief sie ihm nach einer Weile zu, »von hier oben kannst du bis nach Spanien schauen!«

Amando nahm drei Treppenstufen auf einmal.

Als er Hannah erreicht hatte, sah er in ein geliebtes Gesicht. Ganz gelöst war ihre Miene.

So standen sie an der Brüstung.

Hand in Hand.

Bis der letzte Streifen der rot glühenden Sonnenkugel in den Wolkenhorizont tauchte und darin rasch versank.

11

»Fátima ist das lebendige Herz Portugals«, sagte Amando, »wer mein Land verstehen will, muss unbedingt an diesem Ort gewesen sein.«

Erst nach langer Suche hatten sie einen Parkplatz zwischen den Reisebussen gefunden. Der Strom der ankommenden Pilger nahm sie auf. Ab und zu geriet die Menge ins Stocken, so dicht war das Gedränge.

»Ich hatte mir die Wallfahrtskirche viel größer vorgestellt.« Hannah hielt die Hand flach über die Augen. Sie sah die weiß aufragende Kathedrale, die auf einem kleinen Hügel stand.

»Das täuscht«, erwiderte Amando, »die Kirche ist mehr als zwei Kilometer von hier entfernt.«

Von allen Seiten kamen Menschen heran. Zu zweit, zu dritt, in großen Gruppen, zu Fuß, mit Bussen oder in Zügen, singend und betend zu dem Ort, an dem 1917 drei Hirtenkindern die Jungfrau Maria erschienen sein soll.

»Wir könnten heute im Freien übernachten, wie die anderen Pilger auch«, schlug Amando vor.

Unter den Bäumen am Rand des gewaltigen, leicht zur Mitte abfallenden Platzes lagerten Familien auf Decken und Teppichen. Über großen Gaskochern brodelten Suppen, Wasserflaschen machten die Runde. Brot und Wurst wurden aufgeschnitten.

»Ich war zum ersten Mal mit meinem Vater hier, aber da war ich schon zweiundzwanzig. Wenn ich in Porto zur Schule gegangen wäre, hätte ich bestimmt an einer Klassenwallfahrt nach Fátima teilgenommen. Die meisten Schüler kommen mindestens einmal während ihrer Schulzeit hierher.«

Hannahs Blick fiel auf eine Frau, die barfuß über den Steinboden schlurfte. An den braun verbrannten, rissigen Füßen dicke Schwielen. In der Hand hielt sie einen Rosenkranz, den sie beständig zwischen den Fingern bewegte.

Sie sah Rollstuhlfahrer, Männer mit Gehhilfen, Frauen an Krücken, Mütter mit mongoloiden Kindern, Familien, die sich um einen schwer kranken Verwandten scharten.

»Einmal im Monat, zwischen Mai und Oktober, kommen immer am 13. die Pilger nach Fátima. Denn an diesen Tagen im Jahre 1917 hatten drei Kinder aus der Gegend hier ihre Erscheinungen. Die Jungfrau Maria hat ihnen drei Botschaften mit auf den Weg gegeben. Bei der letzten Erscheinung, am 13. Oktober 1917, haben 50.000 Menschen das Sonnenwunder gesehen, vielleicht waren es sogar 100.000. Ein Feuerrad am Firmament, das sich mit ungeheurer Geschwindigkeit um sich selbst drehte, gelbe, grüne, rote, blaue und violette Strahlenbündel um sich werfend und die gesamte Menge in phantastische Farben tauchend. Es war ein einmaliges Spektakel. Obwohl die Menschen sechs Stunden lang im Regen gestanden hatten, ohne dass etwas geschah, waren ihre Kleider sofort trocken, als die Sonne am Himmel erschien.«

»Glaubst du daran, Amando?«, fragte Hannah.

»Wie meinst du das?«

»Ich meine, glaubst du an die Erscheinungen?«

Der Portugiese wies auf die vielen Pilger. »Kommt es darauf an, ob ich das glaube, Hannah? Die Menschen, die hierher kommen, glauben daran. Ganz fest. Schau ihnen doch nur mal in die Gesichter! Die Religion ist ihr einziger Trost, die Aussicht auf ein besseres Leben. Sonst hätten sie kein Gelübde abgelegt, nach Fátima zu kommen. Manche sparen ein Leben lang, um sich diesen Traum erfüllen zu können. Die Pilger versprechen sich Erlösung von ihren Sünden, bitten um ein gesundes Kind oder Heilung von einer Krankheit. Und es hat ja auch schon viele Heilungen gegeben. Bereits 1917 ist eine Frau, die unter schwerer Tuberkulose litt, vollständig genesen. Die Ärzte konnten sich das nicht erklären. Inzwischen spricht man von über hundert nachgewiesenen Heilungen.«

Hannah widersprach nicht, auch wenn sie vor Jahren eine ganz andere Version der Wunder von Fátima gelesen hatte. Sie wollte Amando die Führung durch das Land hinter seinem Land überlassen. Wenn sie sich nur, zwar auf Umwegen, langsam dem Ort näherten, an dem ihr Leben vor zwei Jahren eine Wende erfahren hatte.

Sie sah, wie die barfüßige Frau sich auf die Knie fallen ließ und auf der in den Boden eingelassenen Marmorbahn kniend voran rutschte. Als Hannah näher an den weißen, polierten Stein trat, konnte sie unzählige Blutflecken erkennen, die auf der Oberfläche eingetrocknet waren. Schon bluteten auch die Knie der Frau. Sie zog eine dünne, hellrote Blutspur hinter sich her.

Der Anblick war nur schwer zu ertragen. Auf der kilometerlangen Bahn schoben sich Hunderte von Frauen vorwärts, manche stützten sich auf einen gewundenen Holzstab, andere wurden von ihren Männern an der Schulter gehalten, wieder andere fassten die Hände von neben ihnen schreitenden Freundinnen, während die Frauen auf der Steinbahn zur Marienkapelle hinunterrutschten.

Ausschließlich Frauen, dachte Hannah, nicht ein Mann schien sich der Tortur unterziehen zu wollen.

Amando spürte, dass die Deutsche mit dieser Art der Kasteiung nicht einverstanden war. »Die Frauen machen das aus freien Stücken, niemand hat ihnen das vorgeschrieben ...«

»Sie kriechen, siehst du das nicht!«, unterbrach ihn Hannah erregt, »sie kriechen zu Kreuze. Dieser Kriechgang unterwirft die Menschen, mal ganz abgesehen davon, dass sie sich die Kniescheiben aufschürfen und bösartige Verletzungen einhandeln.«

»Fátima ist für die Portugiesen ein magischer Ort, aber für Außenstehende sicher schwer zu verstehen«, versuchte Amando sich zu verteidigen. »Die kirchlichen Obrigkeiten haben damals lange gegen den Wunderglauben gekämpft, schon aus der Furcht heraus, Nichtgläubige könnten die katholische Kirche des Aberglaubens überführen. Erst 1930, Jahre später, wurden die Marien-Erscheinungen von der römischen Kurie anerkannt.«

»Als António de Salazar kam und das Wunder von Fátima in seinen Dienst nahm«, entgegnete Hannah, »danach wurde mit den Voraussagungen der Jungfrau Maria Politik gemacht. Und das war immerhin die Politik eines widerwärtigen Diktators.«

Amando riss die Augen auf. »Ach, du kennst die Geschichte? Warum lässt du mich dann alles erzählen?«

»Entschuldigung, ich wollte dich nicht unterbrechen.« Es war der Anblick der sich schindenden Frauen, der sie wütend machte. Wie konnte die katholische Kirche so etwas nur dulden? Waren die Kirchenoberen an dieser Unterwerfung tatsächlich interessiert?

Neben der Kapelle der Jungfrau Maria, die von den knienden Frauen umrundet werden musste, verkauften Schwestern und Ordner Körperteile aus Wachs. Hände, Beine, Kinderköpfe, Herzen und Mägen. Die Pilgerinnen legten die erstandenen Wachsteile unter leisen Gebeten auf einen Feuerrost, auf dem schon Tausende von Kerzen entfacht waren. Rußende Flammen qualmten aus dem schwarz verkohlten Ofengitter. Glauben und Feuer, dachte Hannah, und sie erinnerte sich an die Kirche São Lourenço an der Algarve. Hatte sich der heilige Lorenz nicht sogar für seinen Glauben rösten lassen?

An jeder der vier Ecken der Marien-Kapelle, hinter der sich eine hohe Steineiche erhob, war ein breiter Schlitz eingelassen. Die Frauen steckten jedes Mal, wenn sie auf den Knien rutschend vorbeikamen, Münzen und Geldscheine in diese Schlitze.

Die Kathedrale von Fátima am anderen Ende des Aufmarschplatzes war ein hohes, schmuckloses Gebäude, in dem nicht mehr als ein paar hundert Gläubige sitzen konnten. Der Altar war keineswegs prächtig und die Wandbilder der Heiligen eher schlicht. An den Beichtstühlen hingen farbige Wimpel, die anzeigten, in welcher Sprache die Beichte abgenommen wurde.

Als sie gemeinsam die Kirche betraten, sah Amando Hannah erwartungsvoll an.

Dann tauchte er seinen rechten Zeigefinger ins Weihwasser und berührte ihre Stirn und ihren Oberkörper damit. Das Kreuzzeichen.

»Auch Ungläubige bedürfen des Segens«, sagte er. Und er war ganz ernst dabei.

Drei Stunden später saßen sie im Speisesaal des Hotels Fátima und warteten auf das Abendessen. Da es sich nach Sonnenuntergang schnell abgekühlt hatte, zogen sie es vor, ein Hotelzimmer für die Nacht zu nehmen. Obwohl sie wahrscheinlich erst in den frühen Morgenstunden ins Bett kommen würden. Sie hatten Glück, im obersten Stock war noch ein Zimmer frei. Das allerletzte, wie der Hotelportier betonte.

»Das eigentliche Fátima-Erlebnis stellt sich erst um Mitternacht ein!«, hatte Amando zu Hannah gesagt. »Bis dahin müssen wir aufbleiben.«

An den Esstischen saßen Priester und Bischöfe, in schwarzen und karmesinroten Soutanen, dazwischen ein violetter Kardinal, kirchliche Würdenträger aus aller Welt bei fröhlichem Reden und herzhaftem Schmausen. Sie scherzten und lachten und genossen das gute Essen und den vorzüglichen Wein.

»Auch wenn du es mir nicht glaubst, Amando, ich bin froh, dass du mich nach Fátima gebracht hast«, sagte Hannah.

»Und ich dachte schon, dass es ein Fehler war!«

»Nein, nein«, wehrte Hannah ab, »wenn man ein Land und seine Leute wirklich verstehen will, muss man auch deren Schmerzen und Leid kennenlernen. Und so viel Leid, wie ich heute gesehen habe …«

»Nicht nur Leid, Hannah«, unterbrach sie Amando, »auch Gesichter voller Hoffnung, ruhige und gelöste Mienen, sogar strahlende Augen. Wenn die Frauen ihr Gelöbnis erfüllt haben, sind sie völlig verändert, durchdrungen von ihren religiösen Gefühlen. Hast du die Erleuchtung und die Freude nicht gesehen?«

»Bei einigen schon«, gab Hannah zu.

Als sie sich umschaute, bemerkte sie, dass sie die einzige Frau im Speiseraum war.

Die Stimmung im Restaurant wurde immer ausgelassener. Trinksprüche machten die Runde, die flinken Kellner trugen Fleisch-und Gemüseplatten herein, schenkten Wein nach, ab und zu drang lautstark ein fremdes Idiom an ihre Ohren.

Amando sagte: »Inzwischen gibt es eine heftige Diskussion um Fátima. Ein katholischer Priester hat im letzten Jahr ein Buch geschrieben mit dem Titel *Fátima nunca mais*, Nie mehr Fátima, darin hat er einen Blick hinter die Kulissen der Kirchenhierarchie getan. Das Buch hat sich schnell in sechs, sieben Auflagen verkauft. Der Priester trat im Fernsehen auf und wurde daraufhin exkommuniziert.«

Der Kellner brachte die Gemüsesuppe und entschuldigte sich, dass es heute so lange dauere, aber vor der großen Messe sei immer Hochbetrieb. »Sie sehen ja selbst, was hier los ist!«

Amando drängte darauf, dass er den nächsten Gang schon bringen könne, auch sie wollten am nächtlichen Gottesdienst auf dem Platz vor der Kathedrale teilnehmen.

Der Kellner versprach sich zu beeilen.

»Gehst du denn noch regelmäßig in die Kirche?«, fragte Hannah.

»Nicht ganz regelmäßig, aber zu den hohen Feiertagen immer!«

Wie er es denn überhaupt mit der Religion halte, wollte sie wissen.

»Mein Vater ist katholisch, meine Mutter im rheinischen Köln auch, warum sollte ich nicht katholisch sein? Ich war sogar Messdiener.«

Amando nahm einen Schluck Wasser.

»Als kleiner Junge war es für mich der größte Wunsch, bei der Christmette im Kölner Dom zu ministrieren. Jedes Jahr habe ich bei Monsignore Schröder darum gebettelt. Bis es mir gelang. Wahrscheinlich kam mir zugute, dass ich aus Portugal war. Diese Nacht werde ich niemals vergessen. Der gemeinsame Gesang in der abgedunkelten Kirche, der Geruch des Weihrauches, der in dieser Heiligen Nacht ganz besonders intensiv war, das wundervolle Orgelspiel und die vielen brennenden Kerzen. Und ich war ganz vorn dabei. Bist du eigentlich noch in der Kirche?«, fragte Amando.

»Ja, schon … ich zahle Kirchensteuer, eigentlich wollte ich schon lange ausgetreten sein, aber dann …« Hannah unterbrach sich.

»Als Rückversicherung?«, fragte Amando in die Pause hinein.

»Nein, nein«, antwortete Hannah, »das nicht. Mir fiel gerade ein, dass ich in dem Alter, in dem du Messdiener in der Christmette warst, mit einer katholischen Schülergruppe in Rom war. Meine Eltern waren evangelisch, wie es in einer norddeutschen Hansestadt wie Bremen üblich ist, aber unsere Nachbarn waren die Gruppenleiter, und so haben sie mich mitfahren lassen. Ich allein unter hundert katholischen Schülern. Ganz schön mutig, was? In Rom mussten wir eine Kirche nach der anderen besichtigen, Reliquien da, Reliquien dort, ganze Waggonladungen voll Reliquien, und überall das viele Gold und der viele Protz. Das alles hat mich derart abgestoßen, dass ich danach nie wieder an ein Popenwort geglaubt habe.«

In diesem Augenblick ertönte ein Glöckchen.

Mit einem Mal standen die Kirchenmänner auf.

Manch einer nahm noch einen letzten Schluck aus dem Weinglas, ein anderer löffelte sein Dessert im Hinausgehen und stellte die leere Schale am Eingang ab. Der Kardinal wischte sich mit der Leinenserviette den Mund ab, bevor er sich gemächlich erhob und sich bei dem Oberkellner bedankte.

»Es wird Zeit«, sagte Amando, »auch wir müssen los!«

Hannah wäre es lieber gewesen, das Essen in Ruhe zu beenden und dann ins Bett zu gehen. Es zog sie nichts zurück auf diesen Platz des Leidens. Auch wenn Amando versucht hatte, etwas Verständnis für die büßenden Frauen bei ihr zu wecken.

A treze de Maio na Cova da Iria
No céu aparece a Virgem Maria
Avé, Avé, Avé Maria
Avé, Avé, Avé Maria!

Schon von weitem war der Gesang zu hören. Kaum hatten sie die kleine Anhöhe erreicht, sahen sie das Lichtermeer. Wie viele Kerzen mochten es sein? Hunderttausend, vielleicht zweihunderttausend? Die schmalen, dünnen Kerzen steckten in einem durchscheinenden papiernen Mantel, der zugleich Tropfschutz und Textheft war.

Die riesige Bühne vor der Kirche war in gleißendes Licht getaucht. Auf den ansteigenden Sitzreihen standen weit über hundert Priester und Bischöfe, an der rechten Seite hatte ein Symphonieorchester Platz gefunden. In der Mitte ein überdimensionaler Altar, an dem der Kardinal mit zwei Erzbischöfen den Gottesdienst zelebrierte.

Amando hielt Hannah ein brennendes Licht hin. »Ich habe dir auch eine Kerze gekauft!« Nun konnte sie den Text verfolgen.

Sie wurde von dem Gesang der Menge erfasst und konnte gar nicht anders, als den Refrain mitzusingen.

Am dreizehnten Mai in der Cova da Iria
Erscheint am Himmel die Jungfrau Maria
Avé, Avé, Avé Maria
Avé, Avé, Avé Maria!

Das lang gezogene »Avé« der unübersehbaren Pilgerschar ließ sie erschaudern. Was für ein Gefühl! Welche Kraft, die da von ihr Besitz ergriff. Nach anfänglichem Zögern gab sie ihre Distanz auf und ließ sich wie von einer sanften Welle davontragen.

Sie erkannte zwei der Priester, die vor kaum einer halben Stunde am Nebentisch gespeist und gescherzt hatten, auf der Tribüne wieder. Nun waren ihre Gesichter ernst und ihre Mienen streng.

Eine überaus friedliche Stimmung lag über dem weiten Rund.

Hannah beobachtete Amando. Wie inbrünstig er die Gebete mitsprach. Wie er sich bekreuzigte. Wie bewegt er die Liturgie mitsang. Er muss bestimmt ein guter Messdiener gewesen sein, dachte sie.

Der Kardinal begab sich zu der erhöhten Kanzel, klopfte an das Mikrofon und begann mit seiner Predigt.

Es ging um die Sünde, so viel konnte Hannah verstehen. Um die Sünde in der Welt. Um die Sünde der nichtehelichen Beziehung. Um die Bedeutung der Familie und die Pflichten in der Ehe. »Wer von euch Verhütungsmittel benutzt, begeht eine schwere Sünde! Und wir müssen die sündigen Einflüsse Tag für Tag überwinden, ja bekämpfen und sie in uns niederhalten!« Es ging auch um die Sünde der Abtreibung. »Die Abtreibung ist das schlimmste Werk des widerwärtigen Satans!«

Hannah stieß Amando an.

Das war das reaktionäre Gerede, das sie so hasste, das dieser Papst aus Polen in der ganzen Welt von sich gab und das viel zum Unglück der Christenmenschen beitrug.

»Wie lange willst du das noch anhören?«

Amando schien gar nicht bei der Sache zu sein.

Der Kardinal sprach ins Mikrofon. Und seine Stimme hallte weit über den Platz hinaus: »Leid und Not gehören zu unserem Leben. Wir ertragen Leid und Not im Angesicht unseres Herrn. Hat er nicht mit seinem Opfer, das viel größer war als alles Leid, das wir zu erleiden haben, vorgelebt, was es heißt, ein guter Christ zu sein? Unser Leid und unsere Not ist Teilhabe am Leiden Christi!«

»Ich gehe schon mal voraus«, sagte Hannah.

Amando nickte, erwiderte aber nichts.

12

Als er an diesem Morgen erwachte, fiel das Licht in dünnen Streifen ins Zimmer. Staubkörnchen flimmerten über seinem Bett. Wie lange habe ich geschlafen, dachte Amando, wann bin ich ins Hotel gekommen?

Der Blick auf den Radiowecker beruhigte ihn. Neun Uhr. Wenigstens ein paar Stunden Schlaf hatte er bekommen.

Amando sprang aus dem Bett, ging unter die Dusche.

Hannah saß bestimmt schon beim Frühstück. Sie liebte es, ausführlich zu frühstücken. Ganz in Ruhe ließ sie es sich schmecken. Joghurt mit frischen Früchten, grüner Tee, wenn sie ihn bekommen konnte, dunkles Brot mit viel Honig. Ein Löffel Honig am Morgen ist gut für die Nerven, hatte Hannah manchmal ihre Mutter zitiert und ihm einen Löffel Honig in den Mund geschoben.

Was war das für eine Nacht gewesen! Noch immer bekam er eine Gänsehaut, wenn er an die weihevollen Stunden auf dem Kirchplatz dachte und die anschließende Prozession auf dem Kreuzweg. Es ging bis in die frühen Morgenstunden. Gesänge, Gebete, Gemeinschaft im Glauben. Schade, dass Hannah so früh gegangen war. Auch wenn er sie ein wenig verstehen konnte. Was der Kardinal in seiner Predigt von sich gegeben hatte, war klerikales Mittelalter gewesen. Darin wollte er Hannah Recht geben.

Im Frühstücksraum herrschte großes Durcheinander. Schon am Eingang drängelten sich die Hotelgäste. Dieses Mal waren alle in Zivil. Am Büfett bildete sich eine lange Schlange. Es gab lautstarke Proteste, weil weder Eier noch Käse vorhanden waren. Die Kellner wuselten hin und her und riefen verzweifelt Bestellungen in die Küche.

Amando musste sich mit einem Multivitaminsaft begnügen, der Behälter mit Orangensaft war leer.

Er konnte Hannah nirgendwo entdecken.

Sie wird längst gefrühstückt haben, dachte er, und macht einen Spaziergang. Häufig hatte sie ihn gebeten, ein paar Stunden allein in der Natur verbringen zu können. Vielleicht war sie auch noch mal zur Wallfahrtskirche hinaufgegangen.

Nach zwei Tassen Kaffee und der ausführlichen Lektüre der Morgenzeitung, der FC Porto hatte sein Spiel gegen Sporting Lissabon gewonnen und stand kurz davor, einen UEFA-Cup-Platz einzunehmen, begab sich Amando ins Zimmer.

Hannahs Koffer stand nicht an seinem Platz.

Ihre Hälfte des Kleiderschranks leer.

Auch im Badezimmer fehlte das grünlederne Make-up-Täschchen.

Amando griff zum Telefonhörer.

An der Rezeption schienen noch alle zu schlafen.

Rasch legte er den Hörer auf.

Eilte aus dem Zimmer.

Wartete erst gar nicht auf den ständig besetzten Aufzug, sondern rannte die Treppe hinunter.

Er musste sich vordrängeln, denn die Rezeption war von Hotelgästen umlagert, die alle zugleich auschecken wollten.

»Ihre Frau ist vor Stunden schon abgereist«, sagte der Portier. Sein Lächeln war unverschämt. Er zeigte ein Pferdegebiss wie Fernandel. »Keine Sorge, mein Herr, sie hat das Zimmer aber noch bezahlt.«

»Hat sie irgendetwas gesagt?«

Amando drehte sich um. Von hinten versuchte jemand, ihn zur Seite zu schubsen.

»Ach«, der Hotelportier zog einen weißen Umschlag aus dem Brieffach, »fast hätte ich den vergessen!«

Mit einem Grinsen überreichte er Amando den wattierten Brief.

Ohne sich zu bedanken, wandte er sich ab.

Bevor er den Umschlag öffnete, verließ er die Rezeption des Hotels Fátima. Nur weg von diesem Pferdelächeln.

Auf der Straße herrschte reger Verkehr. Reisebusse standen in langer Schlange hintereinander. Aufgeregte Rufe, laute Anweisungen der Busfahrer, völlig übermüdete Fahrgäste. Koffer wurden eingeladen, Handtaschen verstaut. Ein Pilger hatte in einem Souvenirladen ein großes Holzkreuz erstanden, mit dem er unbedingt in den Bus einsteigen wollte.

»Es tut mir Leid. Es geht doch nicht. Danke für alles! Hannah.«

Das war die Mitteilung, die Amando in Händen hielt. Auf Hotelpapier geschrieben. Die runden

Buchstaben sahen nervös aus. Ihre Unterschrift fast nicht zu entziffern.

Dazu ein zweiter Umschlag mit einem Bündel Euro-Noten.

Amando wusste nicht, was das zu bedeuten hatte.

Sie reiste ab, ließ ihm Geld und drei karge Sätze zurück. Einfach auf und davon.

Sollte er sich so in Hannah getäuscht haben?

Sie hatte ihn sitzen lassen. Wie in jenem Restaurant in Praia da Rocha, wo ihre Beziehung begonnen hatte. Überraschend. Nachts am verwunschenen Strand, dem magischen Ort, wie Hannah ihn genannt hatte. Und dabei wollten weder er noch Hannah eine Liebesbeziehung eingehen. Das hatten sie sich mehrfach versichert.

Immer wieder las er ihre Worte. Drei karge Sätze. Mehr nicht. Was tat ihr Leid? Was geht doch nicht? Wofür bedankte sie sich denn? Amando drehte das Blatt um, als fände er auf der Rückseite eine Erklärung.

Wahrscheinlich hat sie Fátima nicht verkraftet, dachte er, ich hätte sie niemals hierher bringen dürfen. Ich hätte mir doch denken können, wie sie auf den Anblick der Frauen reagieren wird. Ich hätte doch bloß eins und eins zusammenzählen müssen. Eine selbständige und eigensinnige Frau wie Hannah trifft auf unterwürfige Büßerinnen, die sich die Knie blutig rutschen, um Erlösung zu finden.

Amando machte sich Vorwürfe.

Er ging mit schnellen Schritten über die Straße, stieg auf die Anhöhe.

Der gewaltige Kirchplatz lag verlassen da.

Hier und da ein kleines Pilgergrüppchen. Auf der Marmorbahn knieten zwei Frauen. Die Ordner schabten das zerlaufene Wachs von dem Feuerrost und sammelten leere Blechdosen ein.

Arbeiter bauten die riesige Tribüne vor der Wallfahrtskirche ab. Die Eisenstangen krachten laut zu Boden.

Erst jetzt fiel Amando auf, dass er nicht wusste, wie er Hannah erreichen konnte. Hatte sie ihm jemals ihre Handy-Nummer gegeben? Besaß er überhaupt eine Adresse von ihr?

Sie kam aus Bremen, das hatte sie ihm gesagt. Sie hatte einige Bekannte in Lissabon. Aber wen kannte sie da? Niemals hatte sie ihm einen Namen genannt.

»Hat Ihre Frau Sie verlassen?«, fragte der Portier, als Amando an die Hotelrezeption trat.

Ohne auf die neuerliche Unverschämtheit zu reagieren, bat er um die Adresse, die Hannah im Melderegister angegeben hatte.

»Sie scheinen ja sogar vergessen zu haben, wo Ihre Frau wohnt!«, sagte der Portier. »Zu viel getrunken gestern Abend, was?«

Im Aufzug überlegte Amando, was er tun sollte.

Hatte er Hannah gekränkt? Hatte sie sich in ihm getäuscht? »Es geht doch nicht!« Wieso denn nicht? Hatte er dem Vergleich mit seinem Vorgänger nicht standgehalten? Eines stand für ihn fest: Hannah war nie und nimmer die Reisejournalistin, als die sie sich ausgab. Sie versteckte sich. Aber vor wem?

Im Zimmer zählte Amando das Geldbündel. Wenn er die Summe durch den vereinbarten Tagessatz teilte, kam er auf zwanzig Tage. Alles in allem war er für einen Monat bezahlt worden. Sitzen gelassen und ausgezahlt.

Er warf die Scheine aufs Bett.

Wütend und traurig zugleich.

Von der Auskunft ließ er sich Hannahs Telefonnummer in Bremen heraussuchen.

Er verglich die Adresse. Sie stimmte.

Hastig wählte er die lange Nummer. Er wollte Hannah eine Nachricht hinterlassen.

Ein Anrufbeantworter schaltete sich ein.

»Leider mal wieder unterwegs, Sie können eine Nachricht aufsprechen, wenn Sie mögen, oder einfach abwarten, bis ich wieder in meinem Atelier bin, und noch einen schönen Tag.«

Wie angenehm die Stimme Hannahs klang.

Amando wählte ein zweites Mal, nur um diese Stimme noch einmal zu hören.

Dann sagte er: »Hannah, wenn du das Band abhörst, bitte melde dich sofort. Du hast ja meine Handynummer. Ich lasse das Handy eingeschaltet. Tag und Nacht. Sollte ich dich verletzt haben, bitte ich jetzt schon um Entschuldigung. Ich hätte dich nicht nach Fátima bringen sollen. Tut mir wirklich Leid. Bitte ruf an, sobald du das Band abgehört hast.«

Amando beschloss, einen weiteren Tag in Fátima zu bleiben.

Vielleicht kehrt sie ja zurück, wenn sie eingesehen hat, dass man mit niemand so umspringen darf.

Eine Zeit lang lag er auf dem schmalen Doppelbett. Hannahs Kissen war glatt gestrichen, kein Abdruck ihres Kopfes mehr zu erkennen. Die Bettdecke war zurückgeschlagen, so als sei sie gerade erst aufgestanden.

Wie gerne hätte er sie jetzt berührt. Gestreichelt. Geliebt.

Gegen Mittag verließ er das Zimmer.

Immer wieder schaute er auf das Display des Handys.

Vielleicht schickt sie mir eine SMS.

Sooft das kleine Feld auch aufleuchtete: Keine Nachricht.

Den Nachmittag verbrachte Amando unter den Bäumen am Rand des weiten Kirchplatzes. Eine Pilgergruppe zog singend und betend vorüber. Eine weiß gekleidete Ordensschwester trug ein Schild. »Gegrüßet seist du, Maria!« Beinahe hätte er sie angesprochen und nach Hannah gefragt.

Ich hätte letzte Nacht mit ihr ins Hotel zurückkehren müssen, dachte er, sie nicht alleine lassen mit dem fremden Erlebnis. Ich hätte mit ihr darüber sprechen müssen. Irgendetwas hatte Fátima in Hannah ausgelöst, irgendeine Erinnerung, irgendeine alte Schuld. Sie hatte so tief geschlafen, als er frühmorgens ins Zimmer trat.

In Gedanken entwarf er einen Brief. »Wir treffen uns in Lissabon wieder, um über alles zu reden!«

Prägte sich die Formulierungen ein. »Habe ich dich sehr verletzt?« Wiederholte Satz für Satz. Er wollte ihr keinesfalls irgendwelche Vorwürfe wegen der überstürzten Abreise machen.

Nun betrachtete er die Frauen, die auf den Knien über die Marmorbahn zur Marien-Kapelle rutschten, mit einer gewissen Distanz. Sie kriechen zu Kreuze, hatte Hannah gesagt, Kriechgang, Unterwerfung unter den Glauben. Hatte sie damit Recht?

Am Abend verließ Amando das Hotel Fátima. An der Rezeption gab er einen Brief ab. Für den Fall, dass Hannah sich melde.

Der Portier ließ sich nicht erweichen. Amando musste die Übernachtung bezahlen.

Immer wieder ließ sie den Zeichenstift sinken.

Als sei sie kraftlos geworden.

Oder der schmale Stift zu schwer.

Sie blickte aus dem Fenster über den weiten Strand. Am rechten Rand die Fischerboote, die im Abendlicht an Land gezogen wurden, in der Mitte ein paar Sonnenliegen hinter blau-weiß gestreiftem Windschutz, links das zerfallende Häuschen des Hafenmeisters. Im Wasser tummelten sich noch ein paar Kinder. Mütter warteten mit Handtüchern auf dem Arm.

Sie setzte den Stift wieder an.

Schraffierte den Fensterrahmen zum zweiten Mal. In entgegengesetzter Richtung. Gab ihm mehr Tiefe, mehr Kraft.

Den Zeichenblock hielt sie auf den Knien.

Angespannt. Die Füße auf die Zehenspitzen gestellt.

Neben sich der Kasten mit den Aquarellstiften. In den Farben des Regenbogens sortiert. Über hundert Stifte. In hundert Varianten. Hundert Farben. Bisher hatte sie noch keinen von ihnen benutzt.

Hannah hatte in der Nacht keinen Schlaf gefunden. Den Kopf voller Bilder. Auch als Amando in den frühen Morgenstunden ins Zimmer gekommen war, hatte sie sich schlafend gestellt. Bilder von abgeschlagenen Gliedmaßen, aus Wachs und aus Fleisch. Amando war ganz leise gewesen, behutsam hatte er sich neben ihr eingerollt. Bilder von blutenden Körperteilen, Knie, Arme, Köpfe. Blutüberströmte Gesichter, die sie in Schrecken versetzten. Wie ruhig seine Atemzüge gewesen waren. Sie hatte immer wieder die Luft angehalten. Wie sanft er eingeschlafen war. Unruhig hatte sie sich im Bett gewälzt. Und dann die Gesänge. Dieses »Avé Maria«, das ihr nicht aus dem Kopf ging. Dieser sich immer wiederholende Singsang, den sie nicht loswerden konnte. Der in ihren Ohren dröhnte, als solle sie niedergesungen werden. Amandos Gesicht, Jacintos Gesicht, die sich übereinander geschoben hatten. Blutverschmiert beide. Wie gerne hätte sie ihren Liebsten geweckt, mit ihm gesprochen. Wie gerne hätte sie ihn in die Arme genommen. Und dann der Gedanke, der wie ein Wasserfall über sie kam: Was mache ich hier mit diesem Mann? Wie komme ich dazu, mich mit Amando einzulassen?

Es hatte in diesem Morgengrauen keinen anderen Weg für sie gegeben. Abreisen, abreisen, du musst abreisen, hatte Hannah gedacht, du musst sofort abreisen, bevor es zu einer weiteren Katastrophe kommt. Der Nachtportier hatte ihr einen Umschlag besorgt, während sie auf dem Hotelpapier ein paar Zeilen schrieb. Flüchtig, schnell hingekritzelt, tut mir Leid, Hannah. Eindringlich hatte sie den Nachtportier gebeten, Amando den Brief sofort auszuhändigen. Schon nach den ersten Kilometern war sie sich nicht mehr sicher gewesen, ob die überhastete Abreise wirklich der einzige Ausweg gewesen war.

Sie zog die Konturen des Fensterrahmens nach. Benutzte Eichenbraun, um sie ein wenig zu schattieren.

Die Proportionen stimmten.

Aber noch fehlte die Festigkeit.

Zum wiederholten Male ließ sie den schwarzen Zeichenstift am oberen Ende des Rahmens hin-und hergehen. Sie verstärkte die Schraffuren, in beiden Richtungen.

Die Mütter rubbelten ihre Kinder trocken. Die Fischer trugen den Fang in groben Körben über den Strand, nachdem sie die Boote vertäut hatten, der Hafenmeister schloss sein Häuschen ab.

Gespannt verfolgte sie das Geschehen, ohne es festhalten zu können.

Nun war der Rahmen perfekt.

Beinahe perfekt.

Sie ließ die Füße auf den Boden sinken. Entspannte sich. Das Kribbeln in den Knien ließ nach.

Der Zeichenblock neigte sich gegen die Wand.

Eine leichte Brise kam auf. Der Strandwärter rollte die blauweißen Tücher ein und zog die Sonnenliegen durch den Sand.

Die schmalen Furchen ergaben ein Muster. Linien, die lange parallel liefen und sich am Ende überkreuzten.

Sie setzte den Stift in der Mitte des gezeichneten Fensterrahmens an. Wollte mit dem gefurchten Muster beginnen.

Hielt inne.

Brach ab.

Mutlos.

Kraftlos.

Fünf deutsche Malerinnen waren sie gewesen, die in Lissabon ausstellen durften. Fünf Mal der besondere Blick auf ein fremdes Land. Fünf Künstlerinnen, die in Antonios Galerie ihren ersten Auftritt im Ausland haben sollten. Hannah hatte ihr Glück nicht fassen können, als der Anruf gekommen war. »Hätten Sie nicht Lust, ein paar Ihrer Fensterblicke bei uns auszustellen?«, hatte der Galerist in schlechtem Englisch gefragt. Eine Ausstellungsbeteiligung. Ihre erste Ausstellung im Ausland überhaupt. Und dann auch noch in Lissabon, der weißen Stadt, die sie schon bei früheren Besuchen in ihr Herz geschlossen hatte. Die Ausstellung war überaus erfolgreich gewesen. Schon drei Tage nach der Vernissage waren alle ihre Bilder verkauft. Und endlich hatte sie Jacinto wieder gesehen, Antonios besten Freund und langjährigen Partner. Während seines Aufenthaltes in Worpswede hatten sie sich ineinander verliebt. Hannah hatte es gar nicht glauben können, als Antonio ihr das Angebot machte, eine Ausstellung nur mit ihren Fensterblicken zu machen. Eine Einzelausstellung. Gemeinsam mit Jacinto war sie auf die Reise durch sein Land gegangen. Eine verliebte Reise, von Fensterblick zu Fensterblick.

Ich hätte es Amando erklären müssen, dachte Hannah, als sie die Füße wieder auf die Zehenspitzen stellte. Sie wollte einen neuen Anlauf wagen, das Bild zu vollenden. Ich hätte nicht bloß ein paar Sätze auf Hotelpapier hinterlassen dürfen. Was würde Amando jetzt von ihr denken? Dass er ihr fremd geblieben war. Mein Plan ist aus dem Ruder gelaufen. Ich hätte mich niemals in ihn verlieben dürfen. Nicht einen Mann durch den anderen ersetzen. Ich habe doch schon in Lissabon gespürt, auf welch gefährliches Spiel ich mich mit Amando einlasse. Wenn mich doch wenigstens Antonio gewarnt hätte! Ich hätte Amando schreiben sollen, wie es um mich bestellt ist. Zumindest das hatte er verdient. So schwer es mir auch gefallen wäre. Er hätte von Jacinto erfahren müssen. Ganz gleich, wie er darauf reagiert hätte. Spätestens in Évora hätte ich es ihm sagen müssen. Bestimmt hat er längst etwas geahnt.

»Ich hätte nicht einfach verschwinden dürfen«, sagte Hannah ganz laut.

Das Hotelzimmer, das sie in Nazaré bezogen hatte, war nicht besonders komfortabel. An der Wandseite ein schmales Bett, darüber ein kleiner, halb blinder Spiegel. Neben der Tür ein verblichener Eichenschrank. Die Dusche hatte auch schon bessere Zeiten gesehen. Nur der weite Blick aus dem Fenster entschädigte Hannah für die Schlichtheit des Raumes. Den ganzen Tag war sie am Strand gelaufen, mal in die eine, mal in die andere Richtung. Hatte den Badenden und den Fischern zugeschaut, verweilte lange in einem Café, ohne mit einem der anderen Gäste oder dem Kellner auch nur ein Wort zu wechseln. Versuchte, die Bilder in ihrem Kopf loszuwerden. Die Bilder des Tages und die Bilder der Nacht.

Vielleicht sollte ich Amando anrufen, dachte sie.

Ob er noch in Fátima war?

Wie er sich jetzt wohl fühlte?

Hannah holte aus dem Koffer eine lederne Zeichenmappe hervor. Schrieb Ort und Datum auf das angefangene Blatt, riss es vom Block ab und legte es zu den anderen.

Auf allen Zeichnungen waren leere Fensterrahmen zu sehen.

Mit Ort und Datum.

13

Hannah zog die hohen Vorhänge zu. Sie mochte das Geräusch, wenn die silbernen Eisenröllchen unter der Decke zusammenschnurrten. Auf der Staffelei hatte sie ein Zeichenblatt fixiert und ihren Projektor in Position gebracht.

Das Sechs-mal-sechs-Dia vom Blick aus dem *Bela Vista* war eingelegt.

Alles bereit.

Sie brauchte nur noch zu beginnen.

Wie oft hatte ihr die Arbeit geholfen. Das konzentrierte Malen, bei dem sie an nichts anderes denken brauchte.

Nicht an Jacinto. Nicht an Amando.

Stundenlang war sie mit einem Bild beschäftigt, das ihrer ganzen Phantasie bedurfte.

Hannah schaltete den Projektor ein und passte den Bildausschnitt dem schon gezeichneten Fensterrahmen an. Was für ein herrlicher Tag ist das gewesen, dachte sie, was für eine friedliche Stimmung. Die Hafeneinfahrt von Portimão auf der linken Seite, ein Fischerboot passierte den rot-weiß gestreiften Leuchtturm, die gelben und grünen Liegen und Sonnenschirme auf dem Strand, die in geometrischen Formen angeordnet waren, auf der rechten Seite die orangefarbenen Felsungetüme. Dahinter das dunkle, türkisfarbene Meer und die sanft einlaufenden Wellen mit gekräuseltem weißen Kamm.

Hannah übertrug die Umrisse des Fotos auf das Zeichenblatt. Sie begann mit der Hafeneinfahrt.

Diese Technik war ihr kleines Geheimnis. Von jedem Fensterblick, den sie zu malen gedachte, hatte sie einige Dutzend Fotos angefertigt. Je nach ihrer Stimmung. Zu jeder Tageszeit, bei jedem Wetter. Immer der gleiche, von ihr sorgsam ausgewählte Bildausschnitt.

Sie wechselte das Dia.

Diese Stimmung gefiel ihr besser.

Schmale Wolkenstreifen, die flüchtig über den Himmel zogen und sich in den flachen Wellen spiegelten.

Fast zwei Wochen war sie allein durch Portugal geirrt. Auf der Flucht. Vor Amando. Vor ihren Gefühlen. Vor dem Land, das sie so geliebt und das ihr solche Schmerzen zugefügt hatte.

Von Nazaré aus hatte sie versucht, alleine in den Norden zu reisen, um endlich jene Stelle zu erreichen, an die sie zurückkehren musste, um sich selbst und ihre Kunst wiederzufinden. Ihre erste Station war Coimbra gewesen. Sie hatte den *jardim das lágrimas*, den Garten der Tränen, aufgesucht. Jenen Ort, an dem Ines de Castro von Höflingen umgebracht worden war. Jacinto hatte Hannah diese grausige Geschichte aus dem 14. Jahrhundert erzählt. Ein Mord auf Staatsbefehl. Der 20-jährige Pedro I. hatte sich in die Hofdame Ines verliebt, eine blonde Spanierin. Sie lebten zusammen und bekamen zwei Kinder. Weil sein Vater und der Hofstaat Angst vor dem spanischen Einfluss auf das portugiesische Königshaus hatten, ließen sie Pedros Geliebter Ines die Kehle durchschneiden. Sie verblutete an einem Teich in diesem Garten. Pedro I. rächte grausam den Tod von Ines, er überfiel Burgen und Dörfer seines Vaters, deswegen bekam er den Beinamen »der Grausame«. Die tote Geliebte ließ er nachträglich zur Königin krönen. Ein merkwürdig stiller Ort war dieser Garten, den der Dichter Camões in seinen Lusiaden beschrieben hatte. Ein Schattenreich hinter einem gotischen Torbogen.

Danach war sie nach Buçaco gefahren, ängstlich die Stationen verfolgend, die sie mit Jacinto bereist hatte. War fast einen ganzen Tag durch jenen Wald gegangen, in dem über siebenhundert Bäume aus allen Kontinenten wuchsen. Der jahrhundertealte Ginkgobaum am Wasserfall, Ulme, Zeder, Baumfarne in einer lichtgrünen Allee. Benediktinermönche hatten diesen Wald angelegt und zu ihrem Heiligtum erklärt, das auf päpstliche Anweisung von keiner Frau betreten werden durfte. Jacinto hatte Hannah damals lachend gefragt, wer wohl damit geschützt werden sollte, der Wald oder die Frauen? Oder gar die Mönche? Eine weitere päpstliche Anordnung besagte, dass jeder exkommuniziert werde, der in diesem Wald Holz schlage.

Danach hatte Hannah keine Kraft mehr gehabt, alleine weiterzureisen, und hatte in Lissabon bei Antonio Zuflucht gesucht. »Du musst die Reise zu Ende bringen«, hatte ihr der Galerist gesagt, »nur so hast du eine neue Chance für deine Malerei.« Antonio hatte ihr zu verstehen gegeben, dass er ihr diesen Rat nicht deswegen gab, weil er ihre Einzelausstellung schon groß angekündigt hatte, sondern weil er als Freund um sie besorgt sei. »Ich denke, wir haben nicht bloß eine geschäftliche Beziehung, Hannah«, hatte Antonio betont. Und dann war sie abgereist, ohne dem Galeristen Bescheid zu geben. Hatte sich am Flughafen ein Ticket gekauft und war wieder geflohen. Nach Norden. Ins windige Bremen, in ihr Atelier. Vielleicht finde ich ja dort zu meiner Malerei zurück, hatte sie gedacht. Anfangs war es ganz gut gegangen, zwei Fensterblicke konnte sie vollenden. Aber noch fehlten die wichtigsten Stücke. Außerdem drängten *National Geographic* und *GEO*, denen sie für Länderreportagen aus Schweden und dem Sudan Bilder versprochen hatte. Damit hatte Hannah ihren Ruf begründet. Eine Doppelseite mit ihrem so eigenwilligen Fensterblick eröffnete in den großen Magazinen die Foto-Strecke über ein Land. Ein Blick aus dem Hotelfenster im irischen Galway hatte den Anfang gemacht. Das war ein paar Jahre her. Seitdem war es immer bergauf gegangen.

Das Telefon klingelte.

Der Anrufbeantworter schaltete sich ein.

»Leider mal wieder unterwegs, Sie können eine Nachricht aufsprechen, wenn Sie mögen, oder einfach abwarten, bis ich wieder in meinem Atelier bin, und noch einen schönen Tag.«

Amando.

Sie erkannte die Stimme beim ersten Satz.

»Hannah, ich weiß, dass du da bist. Versteck dich nicht. Geh an den verdammten Apparat und melde dich. Ich werde nicht aufgeben, dazu mag ich dich viel zu sehr. Ich muss wissen, was geschehen ist. Du wirst mich nicht so einfach los: Melde dich, bitte!«

Hannah stand neben dem Telefon, nahm aber nicht ab. Wie konnte ich nur so naiv sein zu glauben, dass er mich nicht in Bremen ausfindig machen kann, dachte sie.

In Lissabon war sie jeden Tag durch die Stadt gelaufen. Stundenlang, bis zur Erschöpfung. Durch das *Bairro Alto*, durch *Chiado*, die *Alfama* hinauf zum *Castelo* und wieder zurück. Immer in der Angst und in der Hoffnung zugleich, Amando zu begegnen. Sie hatte es dem Zufall überlassen wollen, ihm plötzlich gegenüberzustehen. Vielleicht wäre es dann einfacher gewesen. Dann hätte sie ihm nicht ausweichen können. Hätte ihm Rede und Antwort stehen müssen.

Hannah lief im abgedunkelten Atelier auf und ab.

Zerrte die hohen Vorhänge zurück.

Das hereinflutende Licht schmerzte.

Schaltete den Projektor aus.

Unmöglich konnte sie nun den Fensterblick aus dem *Bela Vista* malen. Ihr sonst so ruhiger Strich würde zum Gekritzel werden, ihre Hand fahrig auf der Zeichnung hin und her gehen.

Ohne das Blatt von der Staffelei zu nehmen, wie es ihre Gewohnheit war, verließ sie das Atelier. Sie konnte unfertige Bilder nicht ausstehen.

Es ist ein Fehler gewesen, hierher zurückzukehren, dachte sie, als sie den Hauptbahnhof durchquerte. Das übliche Gewühle in der Reisezeit, Leute mit zu vielen Koffern, nach Eis quengelnde Kinder. In ihrem Kopf dröhnte es.

Warum hast du das Telefon nicht abgenommen, schalt sie sich. Du hättest dich melden müssen. Warum gehst du ihm aus dem Weg? Amando kann doch nichts dafür. Er hat das nicht verdient. Er hat dich nicht verdient. Hannah spürte, wie gerne sie ihm jetzt nahe gewesen wäre.

Seine Telefonnummer, die er ihr auf dem Expo-Gelände auf einen Zettel geschrieben hatte, bewahrte sie in ihrer Handtasche auf. Griffbereit. Aber noch hatte sie keine Kraft gehabt, ihn anzurufen.

Als sie den Bürgerpark erreichte, wurde sie ein wenig ruhiger. Die gewohnte Strecke, die immer gleichen Wege. Uralte Bäume mit ihren weit ausladenden Ästen. Welchen Stürmen hatten sie schon getrotzt? Hohe Erlen, verwachsene Eichen, bedrohliche Blutbuchen. Hannah dachte an die Korkeichen in Monchique, die nach dem Schälen ihren Stamm mit roter Gerbsäure überzogen, um sich vor den Unbilden des Wetters zu schützen.

Ich weiß doch, dass ich am besten vor Ort malen kann, dachte Hannah. Nach dem frischen Eindruck. Die Arbeit mit dem Dia war nur ein Ersatz, wenn ein Auftraggeber es besonders eilig machte.

Hannah beschleunigte ihre Schritte. Ohne auf den Weg zu achten, den sie schon so viele Male gegangen war. Hunderte Male. Tausende Male. Immer wieder hatte es sie hierher gezogen. Zuletzt nahm sie weder Bäume noch Spaziergänger wahr.

Auf der Fahrt nach Worpswede versuchte Hannah, eine klare Entscheidung zu treffen. In Bremen bleiben bedeutete, die Ausstellung aufgeben, nach Portugal zurückkehren bedeutete, das Verhältnis zu Amando klären. Ganz gleich, wie er reagieren würde.

»Ich sage die Ausstellung ab!« Hannah umarmte Friedrich Nötzeler lange. »Es hat keinen Zweck! Ich habe alles versucht, Fritz, es geht nicht.«

Nötzeler bat Hannah, ihm in sein Büro zu folgen. In den Ausstellungsräumen könne man nicht reden.

Der Worpsweder Galerist gehörte zu den Kennern der Branche. Wer bei ihm ausstellen durfte, brauchte sich um seine Existenz keine Sorgen mehr zu machen. Bilder der berühmten Worpsweder Schule von Carl Vinnen, Hans am Ende, Fritz Overbeck waren in seinem Angebot, sowie Zeichnungen von Otto Modersohn, Paula Becker-Modersohn und Heinrich Vogeler.

In seinem Büro stapelten sich Kunstbücher, Kataloge aus aller Welt, Mappen mit Zeichnungen, Hunderte von Briefen waren auf einem langen Dorn aufgespießt.

»Noch einmal sage ich die Ausstellung nicht ab, Hannah«, begann der grauhaarige Galerist das Gespräch. »Du hast doch noch genügend Zeit! Immerhin drei Monate!«

Er räumte ihr einen Stuhl frei.

»Der Anruf von Antonio kam gestern Nachmittag. Ob ich wisse, wo du abgeblieben seist. Inzwischen kennen wir dich ja schon. Ich habe ihm geraten, noch nicht die Polizei einzuschalten. Ich werde ihn nachher anrufen und Entwarnung geben. Jetzt bist du ja wieder auf getaucht.«

Hannah zündete sich eine Zigarette an.

»Wir sind uns einig, dass du diese Reise fortsetzen musst. Bis zu ihrem Ende! Hannah, ich glaube, das weißt du auch selbst. Oder sollten wir uns da im Irrtum befinden?«

In diesem Büro hatte sie Jacinto kennengelernt. Damals, als er im Austausch mit einem Mitarbeiter Nötzelers ein paar Monate in Worpswede sein Praktikum gemacht hatte. *Europe Art power Exchange*, so hatte Nötzeler sein Projekt genannt, ein Austausch von Mitarbeitern der wichtigsten Galerien Europas. Damit sollten feste Bande geknüpft werden, die beim Verkauf der modernen Kunstwerke äußerst nützlich sein konnten.

»Hannah, ich muss dich bedrängen. Schon einmal habe ich nachgegeben, weil ich eingesehen habe, dass du außer Stande warst, die Ausstellung zu schaffen, aber dieses Mal …«, er machte eine Pause, »dieses Mal kannst du mich nicht sitzen lassen.« Nötzeler fasste sie an der Schulter. »Außerdem wartet man in Wien und Rom auf deine Bilder!«

Hannah sah ihn überrascht an.

»Ja, es ist mir gelungen, dass deine Ausstellung nach Lissabon und Worpswede gleich weiterreisen kann. Insgesamt werden deine Bilder fast ein halbes Jahr zu sehen sein! Nicht auszudenken, wie viele Artikel über dich erscheinen werden.«

Nötzeler berührte Hannahs Kinn.

»Ich habe schon von Antonio gehört, dass du dich mit jemand zusammengetan hast. Keine schlechte Idee, nicht alleine zu reisen … Bei deinem Zustand, wirklich, keine schlechte Idee … wie heißt er … Amando. Wie passend! Wenn du dich in ein Liebesabenteuer begibst, kannst du darin umkommen, das weißt du ja selbst am besten … Antonio meint, du würdest vor dem jungen Mann fliehen. Stimmt das?«

Hannah drückte die Zigarette in der leeren Streichholzschachtel aus. Noch immer war sie nicht in der Lage zu sprechen. Sie hatte sich das alles so einfach vorgestellt. Die Ausstellung absagen, alle Projekte stornieren. Ein paar Monate auf Tauchstation gehen. Und dann noch mal von vorne anfangen. Ganz langsam, ohne Druck. Nicht mehr funktionieren müssen, Terminen hinterherjagen.

»Wenn du einen Rat von mir willst«, sagte Nötzeler, der sich nun auf die andere Seite des Schreibtisches begeben hatte, »fahr zurück nach Portugal, ganz gleich, ob du diesen … Amando wiedersehen willst oder nicht … beende deine Reise und deine Arbeiten.«

Nötzeler hielt ihr die rechte Hand hin. »Ich bin sogar bereit, dich auf dieser Reise zu begleiten, wenn du willst …«

»Das wird nicht gehen«, unterbrach ihn Hannah. Es waren die ersten Worte, die sie entgegnen konnte.

»Und warum nicht?«, wollte Nötzeler wissen.

»Weil dieser Versuch scheitern würde.«

Nötzeler verstand nicht, worauf Hannah hinaus wollte.

»Ich habe doch meine Reise mit Katharina abgebrochen. Weil wir jeden Tag über Jacinto gesprochen haben. Er war allgegenwärtig. Selbst meine beste Freundin konnte mir nicht helfen. Ich brauche einen völlig unbelasteten Menschen an meiner Seite, der nichts davon weiß … sonst werde ich es nie schaffen. Mein Fehler war, dass ich mich in Amando verliebt habe ... oder vielleicht ist das meine Chance ... er ahnt nichts von alledem ...«

Hannah versuchte, an Nötzeler vorbeizuschauen. Das große Bild hinter ihm war ein echter Fernand Leger, aus der frühen Phase, als der französische Maler noch gegenständlich gearbeitet hatte.

Wie kann ich Amando wieder begegnen, dachte sie. Nach dem, was ich ihm zugefügt habe. Ich habe ihn einfach sitzen lassen, ein paar Zeilen auf Hotelpapier, mehr nicht, jeglichen Kontakt abgebrochen, ohne ihm die Chance zu geben, mich zu verstehen. In meinen Ängsten. Als sei Amando ein flüchtiges Abenteuer gewesen, das man wie eine benutzte Fahrkarte wegwerfen konnte.

Während Nötzeler immer weiter über Hannahs Zukunft sprach, musste sie an den portugiesischen Freund denken, den sie von Tag zu Tag mehr vermisste.

14

Hannah betrachtete im Bahnhof von Pinhão die Azulejos, die vom Weinanbau auf den künstlich angelegten Terrassen des Douro-Tales erzählten. Das Weißblau der Kacheln war mit kunstvoll verzierten, sonnenblumengelben Rahmen umgeben. In dieser Region wurden die Trauben angebaut, die im entfernten Vila Nova de Gaia zu Portwein verarbeitet wurden. Die Kachelbilder zeigten Frauen mit runden, spitz zulaufenden Strohhüten, sie schnitten Trauben von den Rebstöcken, schwitzende Landarbeiter, die schwere Kiepen zur Sammelstelle trugen, lachende Mädchen und Jungen beim Stampfen der Trauben. Wie in früheren Zeiten wurde auch heute die Maische in steinernen Weinbottichen von den Erntehelfern mit bloßen Füßen gestampft. Pinhão, das kleine Städtchen an der Douro-Schleife, machte einen verschlafenen Eindruck. Auf der Straße vor dem Bahnhof fuhren dreirädrige Kleinlaster. In der Tür eines Zeitungsladens wartete eine Frau im Strickjackett auf Kundschaft. Ein Hund döste in der Nachmittagssonne.

»Wie viel Verspätung hat der Zug denn?«, fragte Hannah, die schon seit geraumer Zeit auf dem Bahnsteig auf und ab gewandert war.

»Verspätungen werden bei uns nicht angegeben«, erwiderte der Bahnhofsvorsteher. Er setzte für diese Antwort seine Dienstmütze auf. »Die genaue Verspätung können wir immer erst dann angeben, wenn der Zug hier bei uns eintrifft.«

Jacinto war ein Meister im Zuspätkommen gewesen. In Bremen hatte Hannah manchmal lange auf ihn warten müssen. »Die Zeit bin ich«, hatte Antonios Freund stets gesagt, wenn er ihr Atelier endlich betrat, »das ist anders als in Deutschland, wo immer der Wartende Recht hat und man sich schon entschuldigen muss, wenn man nur ein paar Minütchen zu spät kommt.« Hannah hatte sich an diese Einstellung kaum gewöhnen können. Jacinto hatte sie zu besänftigen versucht, die Lateinamerikaner würden die Portugiesen dabei noch übertreffen. »*Hora peruana*« bedeute bei einer Verabredung,

dass man erst eine Stunde später erscheinen müsse, »*hora cubana*«
sogar zwei. Und wehe, man komme pünktlich. Er habe in Havanna
einmal erlebt, dass die Gastgeber zur vereinbarten Zeit noch im Bett
lagen …

Auf einem wandfüllenden Kachelbild war der Douro zu sehen,
auf dem schmale Kähne Portweinfässer transportierten. Die *rabelos*
hätten von Pinhão bis Porto zwei Tage gebraucht, manches Mal seien
sie umgekippt und die Fässer im Fluss versunken, erklärte der Bahnhofsvorsteher Hannah. »Bei uns werden die Trauben angebaut und
geerntet, aber bis vor wenigen Jahren durften nur die großen Firmen
in Vila Nova de Gaia daraus den Portwein machen.« Er wischte sich
den Schweiß unter der Dienstmütze weg. »Meistens waren es die
Engländer, die sich eine goldene Nase damit verdienten. Die Dörfer
am Douro sind arm geblieben. Das Geld haben die anderen gescheffelt. Erst seit dem neuen Gesetz ist es unseren Weinbauern erlaubt,
selbst Portwein herzustellen.«

Hannah hatte von ihrem Bremer Atelier aus bei den Redakteuren
von *GEO* und *National Geographic* angerufen und gesagt, sie müsse
die beiden Aufträge zurückgeben. Es sei ihr zeitlich nicht möglich,
die bestellten Arbeiten auszuführen. Auch wenn es zunächst eine
kleine Verstimmung gegeben hatte, machte keiner ihr Vorwürfe.
Wenn Hannah wieder Zeit habe, möge sie sich bitte sofort melden.
Die Redakteure hatten Verständnis dafür, dass ihre Einzelausstellung
in Lissabon vorging. Von der geplanten Ausstellungsserie hatte sie
nichts erzählt. Sie wollte die Redakteure nicht neidisch machen.

Ein eisernes Warnsignal ruckelte nach oben.

Danach sprang die Lichtanlage träge von Rot auf Grün.

»Nun wird es nicht mehr lange dauern«, sagte der Bahnhofsvorsteher und schwenkte die Kelle in der Hand. Hannah war die Einzige,
die hier auf das Eintreffen des Zuges wartete.

Ich werde es ihm gleich sagen, dachte sie. Ohne Umschweife.
Kein Zurückweichen mehr. Das hat er verdient. Hannah wusste
jedoch nicht, ob sie genügend Kraft besaß, seine Reaktion auszuhal-
ten. Und sie erwartete eine heftige Reaktion von ihm. Aber blieb ihr
eine andere Wahl?

Friedrich Nötzeler hatte alles in die Wege geleitet. Der Worpsweder Galerist hatte die Tickets für Flug und Bahn besorgt, die notwen-
digen Anrufe getätigt, hatte sich um Hannah fast täglich gekümmert.

»Künstler sind Kinder, die man an die Hand nehmen muss«, war Nötzelers Lieblingssatz, »nur so erhalten sie sich den unverstellten, kindlichen Blick auf unsere Welt. Und deswegen kümmere ich mich gerne um sie.«

Hannah trat die Zigarettenkippe auf dem Bahnsteig aus. Es war schon ihre fünfte.

Der Zug kam gemächlich aus dem Tunnel, hielt mit quietschenden Rädern am Bahnsteig.

Aufgeregt lief Hannah an den Eisenbahnwagen entlang.

Sollte er doch nicht gekommen sein?

Sie hätte es durchaus verstanden.

Vielleicht hatte er es sich wieder anders überlegt.

Als sie am letzten Waggon angekommen war, wuchs ihre Enttäuschung.

Was hatte sie denn erwartet …

Sie drehte sich um und sah, wie er aus dem ersten Wagen ausstieg.

Nicht laufen, dachte Hannah, jetzt nicht laufen. Und rannte los.

Amando hatte sich einen neuen Hut gekauft. Der strahlte noch weißer als sein Vorgänger. Er trug einen hellen Leinenanzug mit einem offenen hellblauen Hemd.

»Schön, dass du kommen konntest!«, sagte Hannah, ein wenig verlegen. Sie reichte ihm die Hand. Spürte seine Distanz sofort. Es schien, als würde der Händedruck sie weiter auseinander statt näher zusammenbringen.

»Entschuldige, dass ich dich warten ließ, aber ich brauchte ein paar Tage, um mich freimachen zu können.«

Amando hielt einen Stapel Zeitungen unterm Arm. An seiner Schulter baumelte ein grüner Rucksack.

Als sie in den Leihwagen einstiegen, sagte Amando, Hannah habe sich ein wirklich schönes Fleckchen ausgesucht. Die Douro-Schleife von Pinhão kenne er seit vielen Jahren. »Auch wenn es hier kaum Bücher zu verkaufen gibt! Aber ich war schon einige Male in dieser Gegend.«

Von der weinbelaubten Terrasse der *Casade Casal de Loivos* hatten sie einen weiten Blick über den breiten Fluss, dessen Biegungen zwischen den sanft ansteigenden Hängen verliefen.

Die Sonne stand schon tief und beschien nur noch die Bergrücken auf der anderen Seite des Flusstales.

Schweigend saßen sie sich gegenüber.

Ließen eine ganze Weile verstreichen.

Wie sehr hatte Hannah dieses Wiedersehen in den letzten Wochen erhofft, und wie groß war jetzt ihre Angst davor.

Sie erzählte von ihren Besuchen in Buçaco und Coimbra.

»Hast du den Garten der Tränen besucht?«, fragte Amando.

»Da habe ich Stunden verbracht«, antwortete Hannah. »Ganz allein.«

Sie berichtete, wie sie nach Lissabon zurückgekehrt sei und dann nach Deutschland abgereist. Von ihrer hektischen Flucht erzählte Hannah nichts. Jedoch betonte sie immer wieder, wie schön es sei, dass Amando Zeit gefunden habe, sich mit ihr zu treffen.

Der Portugiese hörte lange zu, nippte an dem eisgekühlten Portwein und schaute sie an.

»Nun kenne ich deine Reisewege, seitdem du mich in Fátima sitzen gelassen hast, aber noch immer habe ich keine Ahnung, warum …« Amando brach ab. Sein Tonfall klang verärgert.

Hannah zuckte zusammen.

»Du wirst es mir schon erklären müssen!«

Amando zog einen Briefumschlag aus seinem Rucksack hervor und legte ihn auf den Tisch.

»Hier hast du dein Geld zurück. Das war wirklich beleidigend. Was glaubst du denn, wer ich bin?«

Er schob den Umschlag zu Hannah hinüber.

»Erst wochenlanges Schweigen, dann rufst du an …«

Wieder unterbrach er sich.

Wie es Jacinto auch häufiger gemacht hatte.

Hannah sagte: »Ich hätte dir gleich zu Beginn unserer Reise alles erklären müssen!«

Sie schaute über den Fluss, der sich wie ein flaches S zwischen den Hängen entlangschlängelte. Der Sonnenuntergang färbte den Himmel rosa. Auch für den Blick über die Douro-Schleife hatte Hannah schon einen Fensterrahmen vorgezeichnet.

»So kannst du nicht mit mir umgehen, Hannah!«

Amando stand auf. Dehnte seinen Rücken. Der neue Hut saß tief in seinem Nacken.

»Mein Plan ist nicht aufgegangen«, begann Hannah vorsichtig. »Leider ist er nicht aufgegangen. Gib mir ein wenig Zeit, um es dir zu erklären. Ja? Bitte!« Sie nahm einen Schluck Port, bevor sie weitersprach. »In Lissabon wollte ich nicht *ich* sein, ich konnte es einfach nicht. Ich habe diese Anzeige aufgegeben, um jemand zu finden, der mir im entscheidenden Augenblick zur Seite steht. In Lissabon musste ich mich noch tarnen, deswegen habe ich mich dir gegenüber als Reisejournalistin ausgegeben.«

Amando nickte. »Und du meinst, ich hätte das nicht ziemlich bald gemerkt?«

»Ich bin eine schlechte Lügnerin«, erwiderte Hannah.

Sie versuchte ein Lächeln, was ihr jedoch misslang.

Amando nahm wieder Platz, schaukelte seinen Stuhl auf die Hinterbeine und verharrte in der schwankenden Stellung.

»Du wirst es vielleicht nicht verstehen, aber ich konnte dir nicht sagen, dass ich diese Reise schon einmal gemacht habe. Ich habe es einfach nicht fertig gebracht, nach dem, was mit uns in Praia da Rocha geschehen ist.« Hannah schluckte ein paar Mal. Dann sagte sie mit fester Stimme: »Ich kann nicht mehr malen!«

»Wieso malen?«, fragte Amando. Noch immer lehnte er sich auf dem Gartenstuhl weit nach hinten.

»Ich bin Malerin. Ich male Blicke aus Fenstern. Aber ich habe diese Fähigkeit verloren. Es will mir nichts mehr gelingen. Schon lange nicht mehr. Diese Reise ist ein letzter Versuch, wieder mit dem Malen beginnen zu können, ich musste zurück zu den Stationen der vorigen Reise. Vielleicht kannst du verstehen, wie schwer es für mich ist. Ich habe schon so vieles versucht, und dabei steht eine große Ausstellung an, für die ich mindestens dreißig Bilder brauche.«

»Mit wem hast du diese Reise schon mal gemacht?«, unterbrach Amando sie. »Als ich in Évora mit meinem Vorgänger verwechselt worden bin, hätte ich mich nicht von dir abspeisen lassen dürfen. War das dein Geliebter oder auch nur ein Reisebegleiter, den du dir aus der Zeitung gefischt hast?«

Hannah spürte die verletzende Ironie in seinen Worten.

»Ich wollte dich nicht abspeisen ... das musst du mir glauben. Wie hättest du denn reagiert, wenn ich dir gesagt hätte, ich war schon mal ...«

»Ich möchte wissen, wer es war«, insistierte Amando. Nun kam er mit dem Stuhl nach vorne und legte beide Arme auf den Tisch. Als Hannah nach seinen Händen greifen wollte, zog er sie zurück.

»Ein Landsmann von dir!«, antwortete sie schnell.

»Also war ich nur der Ersatzmann!«, sagte Amando erbost. »Der eine hat dich sitzen lassen, da nimmst du den nächsten. Ist es so gewesen?«

Amando stand auf.

»Nein, nein«, gab sie leise von sich.

»Und wie hieß er? Kenne ich ihn?«, fragte Amando spöttisch, bevor er sich anschickte zu gehen.

Hannah brachte es nicht fertig, ihm zu antworten.

Amando drehte sich noch einmal um.

»Das Dumme ist nur, dass ich mich wirklich in dich verliebt habe!«

Er strich sich mit dem Zeigefinger über die Unterlippe.

Dann war er verschwunden.

Hannah hob den Arm. Ließ ihn wieder sinken. Wie angewurzelt saß sie auf ihrem Stuhl, unfähig, sich zu rühren.

Erst am frühen Morgen konnte sie ein paar Stunden Schlaf finden. War in ihrem Zimmer auf und ab gegangen. Lange hatte sie den leeren Fensterrahmen auf dem Zeichenblatt betrachtet, aber gar nicht erst einen Versuch unternommen, ihn mit der Ansicht der Douro-Schleife auszufüllen. Obwohl die nächtliche Stimmung sehr gut dazu geeignet gewesen wäre. Ein Nachtbild fehlte ihr bisher für die Ausstellung.

Malhemmung, hatte Antonio in Lissabon gesagt, du hast eine Malhemmung. »Die wird wieder vergehen. Auch andere Maler kennen so etwas, die Malhemmung ist durchaus verbreitet.« Wozu nutzte ihr diese vermaledeite Bezeichnung? Malhemmung, Malhemmung, das war wie eine Wand, die immer höher wurde, je häufiger sie das Wort aussprach. Was hatte sie nicht schon alles unternommen, um wieder ihrem Beruf nachgehen zu können. Gespräche mit Freunden, Kolleginnen, Therapeuten, nichts hatte etwas genutzt. Als sei ihre künstlerische Inspiration plötzlich erloschen. Ausgeblasen, keine innere Glut, das Gesehene auf dem Papier festzuhalten. Den Zeichnungen, die sie rein mechanisch ausgeführt hatte, sah sie auf den ersten Blick an, dass ihnen die bildnerische Kraft fehlte. Sie hatte diese Blätter zerrissen und weggeworfen.

Der Galerist Nötzeler hatte in Worpswede gesagt, sie solle sich mehr Zeit lassen. Aber in drei Monaten müssten die Bilder für die geplante Ausstellung fertig sein.

Als Hannah hörte, dass der Frühstücksraum aufgeschlossen wurde, verließ sie rasch ihr Zimmer. Sie wollte Amando bitten, die Reise mit ihr zu Ende zu bringen. Sie wusste, dass es nicht einfach werden würde, aber so nahe am Ziel wollte sie auf keinen Fall aufgeben. Noch zwei, drei Stationen und dann der Besuch bei der Familie. Wenn es nötig sein sollte, wollte sie ihm die ganze Geschichte erzählen. Falls sie genügend Kraft dafür aufbringen würde.

»Ich muss mich beeilen, wenn ich meinen Zug noch bekommen will.« Amando stellte den grünen Rucksack neben dem Frühstücksbüfett ab und schüttete sich ein Glas Orangensaft ein. »Aber ich wollte mich noch von dir verabschieden und nicht einfach verschwinden, wie du es in Fátima mit mir gemacht hast!«

Hannah setzte die Kaffeetasse ab.

»Ich habe keinen anderen Ausweg gesehen! Jetzt ist es etwas anderes, ich möchte die Reise mit dir fortsetzen. Könntest du dir vorstellen, mich zu begleiten ... ich meine, nur noch ein paar Tage ...«

»Bevor ich gehe, möchte ich den Grund wissen, Hannah.« Amando ließ sie nicht ausreden. »Den Grund bist du mir bisher schuldig geblieben! Lag es an mir, dass du mich in Fátima zurückgelassen hast? War es dieser Wallfahrtsort? Oder lag es daran, dass du mit mir wiederholen wolltest, was mein Vorgänger dir angetan hat? Du bist verlassen worden und wolltest jemand verlassen. Hat er dich weggeschickt, und du wolltest dich dafür an jemand rächen? Leider war ich das. Schade um unsere Liebe!«

Hannah liefen Tränen übers Gesicht.

Sie wischte sie nicht weg.

»Jacinto ist tot!«

Amando hielt das Glas umklammert.

»Was heißt das?«

»Dein Vorgänger, wie du ihn nennst, ist auf unserer gemeinsamen Reise umgekommen.«

So schwer es ihr gefallen war, dies gegenüber Amando auszusprechen, so sehr spürte sie jetzt Erleichterung. Als sei ein Bann von ihr genommen.

»Und wodurch ist er umgekommen?«, fragte Amando.

»Ich kann nicht darüber reden«, erwiderte Hannah mit schwacher Stimme.

15

Nove meses inverno, três meses inferno – neun Monate Winter, drei Monate Hölle, so hieß es über Trás-os-Montes, die Region im äußersten Nordosten Portugals. Eine Berglandschaft mit großen Talsperren und tief eingeschnittenen Tälern, auf drei Seiten von Gebirgsketten belagert, mit dem Rücken zum Erzfeind Spanien gelegen. Mitten in dieser ärmlichen, seit Jahrhunderten vergessenen Gegend liegt ein schimmerndes Juwel.

Das *Vidago Palace Hotel* wurde zu Anfang des 20. Jahrhunderts im Stil des *Fin de Siécle* erbaut. Bis in die dreißiger Jahre war Vidago ein berühmtes Thermalbad, das von reichen englischen und portugiesischen Familien frequentiert wurde. Das prächtige Hotelgebäude konnte durchaus mit den Schlössern der Loire konkurrieren. Vier Stockwerke voller Jugendstilornamentik. Mit Eisengittern verzierte Balkone vor dunkelroséfarbener Fassade.

»Halt mal an«, sagte Amando, als sie in die Einfahrt zum Hotel bogen. »Das kann doch kein Zufall sein, oder?«

Hannah stoppte den Wagen.

»Hier war ich schon mal, ist aber sehr lange her!«, sagte er.

»Ich auch«, fügte Hannah an, eher beiläufig.

Amando stieg aus dem Auto. Den Anblick hätte ich gerne meinem Seat noch gegönnt, dachte er. Aber sein Wagen hatte vor drei Wochen den Fahrzeugschein abgeben müssen. Totalschaden. Vor der Haustür in Lissabon war ein Betrunkener in seinen Seat gefahren. Amando hatte den Blechhaufen ausführlich bedauert.

»Kaum hatte ich meine Lehre in der Buchhandlung Lello in Porto begonnen, gewann mein Vater in einem Preisausschreiben des Portweinhändlers Ferreira ein Wochenende zu zweit in diesem Luxus-Hotel. Und da meine Mutter gerade nach Köln zurückgekehrt war, nahm er einfach mich mit. Das war ein besonderes Erlebnis. Mein Eintritt in die große Welt. So vornehm bin ich nie wieder abgestiegen.«

Hannah verspürte keine Lust zu erzählen, warum Jacinto ihr ausgerechnet dieses Hotel zeigen wollte. Einen besonderen Fensterblick gab es jedenfalls hier nicht zu malen.

Der Hotelangestellte an der Rezeption begrüßte die Deutsche wie eine alte Bekannte.

»Ich habe Sie gleich im Computer gefunden. Sie waren vor zwei Jahren das letzte Mal in unserem Haus!«

Ein Seitenblick traf Amando. Aber der Rezeptionist ließ sich nichts anmerken.

Sie füllten die Meldeformulare aus und gingen auf ihre Zimmer.

Hannah spürte ihre Aufregung. Nun würde es nicht mehr lange dauern. Dieses Hotel war die letzte Station, bevor sie zum Nationalpark aufbrechen würden. Amando hatte eingewilligt, sie zu begleiten. Hatte verstanden, dass er sie jetzt nicht im Stich lassen konnte. Er war sehr rücksichtsvoll mit ihr umgegangen, auch wenn sich zwischen ihnen die alte Vertrautheit nicht wieder eingestellt hatte. Amando blieb auf Distanz. Mit ein paar Telefonaten war es ihm gelungen, sich zehn Tage freizunehmen. Er hatte einige Termine verschieben müssen, zu einer der lokalen Buchmessen in Leiria schickte er einen Vertreter.

»Ich kann mich noch genau an den Abend erinnern, als ich vor dem Dinner mit meinem Vater an dieser Bar saß. Portweinbarone mit ihren Familien, alte Engländer, eine über achtzigjährige Tänzerin aus London, die jedes Jahr nach Vidago kam, um aus den Heilquellen ihre Wässerchen zu trinken. Ich kam aus dem Staunen nicht mehr heraus. Als hätte Charles Dickens ein paar seiner Figuren hierher ins Land hinter den Bergen geschickt.« Amando hatte sich ein Bier bestellt, während Hannah einen Port vorzog.

Vor dem kunstvoll geschnitzten Treppenaufgang stand noch der alte Steinway-Flügel. An dem hatte Jacinto gespielt. Daran erinnerte sich Hannah jetzt, als sie durch die farbigen Glasfenster der Bar in den Hoteleingang schaute. Wie schnell er damals die Sympathien der Hotelgäste gewonnen hatte.

Amando schien ein wenig enttäuscht zu sein.

»Die schöne Architektur ist noch erhalten, auch wenn alles im Hotel modernisiert wurde, aber das Flair ist weg.«

Wie er das meine, wollte Hannah wissen.

»Vielleicht liegt es an den Gästen, mir fehlen einfach die skurrilen Portweinnasen. Oder es liegt am Personal. Früher war das hier eine Hotelfachschule, alles sehr elegant, ungeheuer vornehm. Wenn die jungen Kellner üben mussten, den Rotwein aus Schulterhöhe ins Glas zu gießen, das war ein Schauspiel für sich. Damit der Wein genügend Luft bekomme, sagte man uns. Mein Vater musste mich einige Male ermahnen, damit ich mich angemessen zurückhaltend benahm.«

»Vielleicht liegt es aber auch an dir«, wandte Hannah ein. »Wenn man zwanzig Jahre später wieder an die gleiche Stelle kommt, hat man sich selbst auch verändert.«

Der Barmann fragte, ob er auf Kosten des Hauses noch ein *refill* offerieren dürfe.

Fast gleichzeitig hielten Amando und Hannah ihre Gläser hin.

»Damals wurde den ganzen Abend über den Port geredet. Welche Sorte besser zu Blauschimmelkäse und welche zu dick bestrichenem Leberwurstbrot passe. Was ein Ruby und was ein Tawny ist. Ich kann mich noch gut an den Satz eines alten Engländers erinnern: *port needs patience*. Er spielte darauf an, dass die Kenner das kostbare Getränk in den ersten zwanzig Jahren nach der Ernte nicht anrührten. Manche von diesen Portweinen lagern ja bis zu fünfzig Jahren in den Holzfässern. Für jeden meiner Enkel kaufe ich ein Kistchen Port seines Geburtsjahrgangs, das ist in unserer Familie schon immer Tradition gewesen, sagte ein Monokelträger.«

»Entschuldigen Sie, dass ich gelauscht habe«, mischte sich der Barmann ein, »wollten Sie einen Ruby oder einen Tawny, gnädige Frau?«

Hannah ließ sich von Amando beraten, bevor sie sich für einen 20-jährigen Tawny entschied, mit einem Aroma von Mandeln und Rosen.

»Hast du gut geschlafen?«, fragte Amando, als er am nächsten Morgen das Restaurant betrat. Der Speisesaal hatte die Ausmaße eines Handballfeldes. Von der Decke hingen verschnörkelte, vielarmige Kronleuchter, um den Saal führte in luftiger Höhe eine breite Galerie, die Fenster waren mit feinen Stores verhüllt. Der Parkettboden und die altertümlichen Stühle gaben dem Raum das Flair eines fürstlichen Schlosses.

»Ich habe kaum ein Auge zugemacht!«, sagte Hannah leise.

Amando strich über ihren Kopf. Hannah versuchte, seine Hand festzuhalten. Diesmal gelang es ihr.

Wie immer trank Amando zwei Gläser frisch gepressten Orangensaft im Stehen, schaute über das vielfältige Angebot des Büfetts und entschied sich, nichts zu essen. Wie immer.

Hannah bekam keinen Bissen hinunter.

»Wann sollen wir fahren?«, fragte Amando.

»Lass uns noch einmal um den Golfplatz gehen«, bat Hannah, »Luft schöpfen, bevor wir abfahren.«

Zum *Vidago Palace Hotel* gehörte ein Neun-Loch-Platz, der sich am Rande der Trinkpavillons in einem tiefer gelegenen Waldstück befand. Schon nach dem ausführlichen Dinner hatten Hannah und Amando einmal den Platz umrundet. Ein Abendspaziergang in warmer Luft, der schweigend verlaufen war.

Sie beobachteten eine Frau, die ein halbes Dutzend Brötchen schmierte, sie flink mit Käse und Schinken belegte und vor den Augen der Kellner in einer Plastiktüte verschwinden ließ. Ihrem Mann schien das sichtlich peinlich zu sein. Angestrengt schaute er in die andere Richtung. Die Frau störte das keineswegs. Noch zweimal ging sie zum Büfett, um Nachschub zu holen.

»Typisch deutsch«, meinte Hannah, »wahrscheinlich ist das die Marschverpflegung für den ganzen Tag.«

»Ja und?«, erwiderte Amando. »Wenn ich doch zum Frühstück nichts runterkriege, weil mein Magen noch schläft … ich nehme mir auch immer etwas mit.«

»Dann mach das aber erst, wenn ich schon gegangen bin«, bat Hannah. »Ich kann das nämlich nicht ausstehen.«

»Du wirst nichts davon mitbekommen!«

Amando ließ sich noch eine Tasse Kaffee nachschenken und betrachtete Hannah von der Seite. Warum hat mich diese Frau so lange hinters Licht geführt, dachte er zum wiederholten Male, warum hat sie mir nicht gleich erzählt, wie es um sie bestellt ist? Amando hatte nur eine Erklärung: Hannah hatte sich verborgen gehalten, weil sie nicht ausgefragt werden wollte. Wenn er gewusst hätte, dass sie eine Malerin ist, der das Malen abhandengekommen war, hätte er natürlich umgehend wissen wollen, was der Grund für diese, wie hatte sie gesagt, Malhemmung sei. Das Wort hatte er vorher noch nie gehört.

»Ich gehe dann schon mal«, sagte Hannah mit einem Augenzwinkern.

Amando verstand sofort, worauf sie anspielte. »Ich nehme mir nur einen Apfel, einverstanden?«

Hannah verließ den Speiseraum. Das fahle Licht, das an diesem etwas regnerischen Morgen durch die Fenster drang, wurde durch die Kronleuchter überstrahlt.

Amando ging an das kunstvoll drapierte Büfett. Auf einer silbernen Schale türmten sich Äpfel, Orangen, Ananas, Melonen sowie Mangos und Papayas.

Schnell zog er einen gelbwangigen Apfel heraus, was zur Folge hatte, dass die Früchtepyramide ins Wanken geriet und sich eine Honigmelone selbständig machte. Amando konnte nicht verhindern, dass die Frucht in eine große Schüssel mit Obstsalat plumpste.

Als er sich umschaute, musste er feststellen, dass er die Aufmerksamkeit aller Gäste gewonnen hatte.

Seine helle Leinenhose war voller Spritzer.

Einen Moment überlegte er, ob er den Apfel wieder zurücklegen sollte, aber dann entschied er sich dagegen. Wenn ich doch noch gar nichts gegessen habe, dachte er und marschierte hinaus.

Der Oberkellner konnte sich ein Lachen nicht verkneifen, hielt sich aber vornehm die Hand vors Gesicht.

»Gab es ein besonderes Vorkommnis?«, fragte Hannah, die sich in einer Vitrine fein ziseliertes silbernes Besteck aus dem letzten Jahrhundert anschaute, und zeigte auf die Flecken seiner Hose.

Amando hielt den Apfel hoch, antwortete aber nicht.

Der Nationalpark Peneda-Gerês in der Nähe der spanischen Grenze mit seinen üppig grünen Tälern und den kahlen Berggipfeln aus Granit bot nicht nur im Sommer vielen Besuchern ein lohnendes Ausflugsziel. Rotwild, Adler, Milane, Wildschweine und auch Wolfsrudel konnten in der 1970 zum Nationalpark erklärten Region beobachtet werden. Nicht selten traf man auf kleine Herden von Wildpferden. Die *garranos* waren neben Ziegen-und Schafherden die bekanntesten Bewohner des Parks. Besonderer Anziehungspunkt an heißen Tagen waren die von Wasserfällen ausgewaschenen Badetümpel am Rio Hörnern.

Kaum hatten sie das Städtchen Gerês verlassen, ging die Straße steil bergan. Hannah bat Amando, der das Steuer des Leihwagens übernommen hatte, hinter dem Hinweisschild auf den Nationalpark anzuhalten.

»Wenn wir dort angekommen sind, möchte ich alleine sein. Ich hoffe, das kannst du verstehen«, sagte sie mit kaum hörbarer Stimme, »aber du musst in meiner Nähe bleiben, bitte. Das ist ganz wichtig. Ich weiß nicht, was mit mir geschieht …«

Sie fasste Amando am Unterarm.

»Deswegen bin ich doch mitgekommen, Hannah«, versuchte er sie zu beruhigen. Er spürte, dass Hannah am ganzen Körper zitterte.

Amando startete den Wagen und fuhr langsam weiter auf der Straße nach Portela do Homem, einem alten Grenzübergang nach Spanien.

Als sie in Vidago abgereist waren, hatte der Mann an der Rezeption Hannah zur Seite genommen und gefragt, was denn aus dem netten Klavierspieler geworden sei, der sie bei ihrem letzten Besuch im Hotel begleitet habe. Hannah hatte nur mit den Schultern gezuckt und war eine Antwort schuldig geblieben. Beim Spaziergang um den Golfplatz hatten sie und Amando wiederum nur wenig miteinander gesprochen. Ab und zu hatten sich ihre Hände berührt. Während Amando interessiert den Golfspielern zugeschaut hatte, war Hannahs Blick immer nur starr geradeaus gegangen.

Sie ließen den Wagen an der Brücke bei Portela do Homem stehen. Ein Rinnsal lief über die bemoosten Felsen in ein Becken mit grünlichblauem Wasser.

Schweigend gingen sie zu Fuß weiter.

Immer wieder fasste Hannah nach Amandos Hand. Nur wenn der Pfad flussaufwärts zu schmal wurde, trennten sie sich.

Auf der Fahrt von Vidago nach Gerês hatte Hannah von ihren Plänen erzählt. Wenn sie ihre Malhemmung überwunden und die Ausstellung in Lissabon wirklich geschafft habe, werde sie eine Auszeit nehmen. Eine Atempause.

»Hier ist es passiert«, sagte Hannah plötzlich.

Sie zeigte auf ein steinernes Becken, das von einem Wasserfall ausgehöhlt worden war.

Sie erstarrte.

Ganz kalt.

Wie Eis in ihrem Kopf.

Das schwarze Wasser spiegelte die Felsnase wider. Als liege unter der Oberfläche ein gleich hoher Hügel.

»Ich bleibe hier und lasse dich nicht aus den Augen«, versprach Amando.

Hannah drückte ein letztes Mal seine Hand. Dann ließ sie ihn los. Ging langsam voran, bis an die Böschung, von der ein schmaler Pfad zum Wasserbecken führte.

Amando folgte ihr erst eine Weile, dann blieb er stehen.

Der Badetümpel sah durchaus verlockend aus.

Er sah, wie Hannah vorsichtig den Abhang hinunterstieg. Sich an Gestrüpp und kleinen Ästen festhielt. Fuß vor Fuß setzte.

Plötzlich war sie aus seinem Blickfeld verschwunden.

Als sie ihm von seinem Vorgänger erzählt hatte, viel war es nicht gewesen, was er von Jacinto erfuhr, spürte Amando, dass er sich in seiner Ehre gekränkt fühlte. War er auf den Kunsthändler eifersüchtig? Jacinto muss ein ganz anderer Typ gewesen sein, hatte er gedacht, ein *globalplayer* der Kunstszene, einer, der ständig auf Achse war, in den internationalen Galerien der Welt. Einer, der Hannah beim Aufbau ihrer Karriere half. Aber nun war er tot. Wie lange war das eigentlich her? Und konnte man auf einen Toten überhaupt eifersüchtig sein?

Als Amando Hannah wieder entdeckte, hockte sie neben dem Wasserbecken auf einem rund geschliffenen Stein und hielt sich die Hände vor die Augen.

Regungslos saß sie da.

Wie ein Statue.

Die Beine nebeneinander gestellt, als würde sie etwas auf dem Schoß halten.

Wahrscheinlich malt sie in dieser Position, dachte Amando. Ein Zeichenbrett auf den Knien haltend.

Der Oberkörper aufrecht, nur ihr Kopf war nach vorne gebeugt.

Die schmalen Hände vors Gesicht gepresst. Selbst aus dieser Entfernung konnte er erkennen, dass alles Blut aus ihren Handrücken gewichen war. Ganz weiß ihre Finger.

Amando wollte Hannah nicht stören.

Du musst in meiner Nähe bleiben, hatte sie gesagt, du musst in meiner Nähe bleiben. Vielleicht werde ich ohnmächtig, verliere das Bewusstsein, wenn ich wieder an diese Stelle komme, vielleicht brauche ich dringend Hilfe. Allein würde ich mich niemals trauen, dorthin zu gehen.

Amando schaute auf das Wasser in dem ausgewaschenen Becken. Spiegelglatt, keine Bewegungen an der Oberfläche.

Er blickte zu Hannah hinüber.

Sie saß auf ihrem Stein.

Verlassen.

Auf *Prazeres*, dem Lissabonner Friedhof, gab es eine Marmorstatue, der Hannah nun glich. Eine junge Frau auf einem Sockel, die Hände vors Gesicht geschlagen, in tiefer Trauer. Ob sie um ihren Geliebten weinte? Um ihren Vater, den Bruder?

Es dauerte eine ganze Weile, bis sich Amando entschloss, ein Bad zu nehmen.

In der Mittagssonne war ihm heiß geworden.

Kein Fremder störte ihn hier.

Und Hannah würde er nicht aus den Augen lassen.

Das hatte er ihr fest versprochen.

Amando legte schnell Hemd und Hose ab, kletterte auf den Felsen oberhalb des Beckens und sprang.

»Nein!«, schrie Hannah, »nein, nicht!«

Amando lachte hell auf.

Hannahs Schrei war so gellend, dass sich Vögel aufgeregt flatternd in die Lüfte erhoben.

16

Eine Stunde hatte Hannah warten müssen, bis Jacinto in ihrem Atelier eintraf. Der Portugiese nahm es mit der Zeit eben nie so genau. »Nötzeler musste mir dringend seine neuen Pläne erläutern«, hatte Jacinto sich entschuldigt. Es sollte eine Landpartie mit Picknick werden. Gemeinsam fuhren sie in Richtung Wildeshauser Geest. »Wenn Antonio dich in den nächsten Tagen anruft, gibst du dich völlig unwissend«, bat Jacinto, »im Prinzip ist er einverstanden, dass du eine der fünf deutschen Malerinnen sein sollst, die in unserer Galerie ausstellen dürfen. Er hat sich sogar schon zwei Ausgaben von *GEO* besorgt.« Als sie den Harpstedter Forst erreicht hatten, den Wagen stellten sie am Landhaus Rogge in Dünsen ab, holte Hannah den Picknick-Korb und die Decke aus dem Kofferraum. An diesem Sommertag brannte die Sonne heftig, ziemlich ungewöhnlich für einen norddeutschen Juni. Immer wieder hielten die beiden inne, um sich zu küssen. Jacinto erzählte, dass es ihm gelungen sei, seinen Aufenthalt in der Worpsweder Galerie um ein paar Wochen zu verlängern. Sein Partner hatte ihn aber gebeten, spätestens Anfang August wieder in Lissabon zu sein – schließlich wolle auch er mal irgendwann Ferien machen.

Auf einer schmalen Lichtung breitete Hannah die Decke aus und ließ Jacinto die Weinflasche entkorken. Sie prosteten sich zu. Wie zwei Kinder lachten und schwatzten sie. Immer wieder kamen sie auf die geplante Ausstellung zu sprechen. Gerade so, als hinge davon ihr ganzes Glück ab.

Als Hannah seinen Hosengürtel löste und ihm mit der Hand zwischen die Beine fuhr, hatte sich Jacinto zunächst gewehrt. Nein, nicht hier, so öffentlich, Hannah, was machst du denn, und wenn Leute kommen, doch nicht hier … Aber dann hatte er ihrem Verlangen nachgegeben. »Sollen die Wanderer doch sehen, wie wir uns lieben«, hatte Hannah geflüstert.

Nur ein paar Wochen nachdem Jacinto wieder nach Portugal zurückgekehrt war, hatte Hannah ihn in Lissabon besucht. Viele

Abende verbrachten sie in seinem Lieblingslokal im *Bairro Alto*, in der *Tasca do Chico*, in der Amateurfado geboten wurde. Fado höre man nicht, Fado fühle man, hatte Jacinto den portugiesischen Dichter Fernando Pessoa zitiert. Ein Text aus seiner Feder wurde zu Hannahs Lieblingslied.

Oh salziges Meer, dein Salz
sind die Tränen Portugals
dich durchqueren wir
wie viele Mütter haben geweint
wie viele Verlobte blieben unverheiratet
nur weil es dich gibt, oh salziges Meer.
Machte es Sinn? Alles macht Sinn
wenn die Seele nicht klein ist
wer nicht die rettende Boje erreicht
muss über den Schmerz hinausgehen
Gott hat dem Meer Gefahr und Untiefe gegeben
aber in ihm spiegelt sich auch der Himmel.

Zu diesem Lied malte Hannah ihr Bild »Die Farben des Fado« und schenkte es Jacinto. »Du darfst es niemals verkaufen«, hatte sie zu ihm gesagt, »niemals!«

Ein halbes Jahr später eröffnete Antonio die Gemeinschaftsausstellung mit den Worten, alle fünf Künstlerinnen würden mit ihren Bildern die Liebe zu seinem Land, zu Portugal, unter Beweis stellen. Dabei hatte er Hannah angesehen, die eng an Jacinto geschmiegt in der ersten Reihe stand.

Als Antonio ein paar Wochen darauf Hannah das Angebot einer Einzelausstellung mit ihren Fensterbildern machte, wollte er seinen Partner zunächst nicht mitreisen lassen. »Du fährst doch schon genug in der Weltgeschichte herum«, hatte Antonio zu Jacinto gesagt.

Während sich Antonio um die Pflege der vermögenden Kunden kümmerte, er gehörte in Lissabon zu den *very important persons*, knüpfte Jacinto Kontakte zu internationalen Künstlern. Er beherrschte nicht weniger als sieben Sprachen. »Wenn du schon mit Hannah reist, dann zeige ihr auch die Motive, die sich für sie lohnen«, hatte Antonio eingewilligt, »und die sieht man bestimmt nicht nur vom Bett aus.«

Die beiden starteten in Praia da Rocha, jenem Ort an der Algarve, der vor fünfzig Jahren kaum mehr als dreißig Villen aufwies. »Liebespaare bekommen bei uns stets das beste Zimmer«, hatte der elegante Mann an der Rezeption des Bela Vista gesagt und ihnen das Zimmer 103 überlassen. Hannah war von dem ersten Blick über den breiten Strand so hingerissen, dass sie Jacinto um den Hals fiel. »Was für ein Start!«, hatte sie immer wieder ausgerufen.

Während sie im Zimmer saß und zeichnete, ging ihr portugiesischer Freund am Strand spazieren. Sie aßen Seespinnen und Cataplana im *Carvi*, dem besten Restaurant für Meeresfrüchte in Portimão, tranken Sangria im *Tropical* und liebten sich auf der Terrasse des *Bela Vista*. Als Hannah kurz vor der Abfahrt von diesem himmelblauen Ort an ihren Lieblingsplatz kam, einen kleinen Felsvorsprung am Strand, entdeckte sie, welche Überraschung Jacinto für sie bereithielt. In den weichen, orangefarbenen Stein hatte er zwei Hände eingeritzt, die durch einen Malerpinsel verbunden waren, darunter stand die Inschrift: »Hannahs Wolkenhände«.

Ihre nächste Station war das Hotel *Solar de Monfalim* in Évora gewesen. »Damit du nicht nur Strandszenen malst«, hatte Jacinto gesagt und ihr das Dächermeer der Stadt im Alentejo präsentiert, das von der *Igreja da Graça* überragt wurde. Gemeinsam hatten sie diese Renaissancekirche mit ihrem massigen Portal, auf dem Atlas die Weltkugel auf den Schultern tragend dargestellt war, besichtigt. Vor ihrer Reise durch sein Land war Jacinto in Birmingham gewesen und hatte sich dort an *porridge* zum Frühstück gewöhnt. Darauf wollte er auch in Évora nicht verzichten. Als er der Kellnerin das Rezept verriet, hatte diese zunächst das Gesicht verzogen. Aber eine halbe Stunde später bekam Jacinto den warmen Haferbrei. »Wenn du den Morgen damit beginnst, fühlt sich dein Magen für den Rest des Tages geschmeichelt«, hatte er Hannah bedeutet. Schon nach den ersten Bissen hatte sie den Teller von sich geschoben.

Jacinto zeigte Hannah die Hafenstadt Setúbal, Mafra mit dem gewaltigen Nationalpalast, das mittelalterliche Óbidos und Calas da Rainha, die Bäder der Königin. Von Nazaré fuhren sie nach Alcobaça. »Du musst dir unbedingt die Sarkophage in der Klosterkirche anschauen, vielleicht siehst du ja eine Möglichkeit, sie für ein Bild zu verwenden«, hatte Jacinto zu ihr gesagt, als sie das Kirchenschiff betraten. »*Atéão fim do mundo*« – bis zum Ende der Welt, dann sehen wir uns wieder, so lautete die Inschrift auf Pedros Grab, das mit einem Glücksrad geschmückt war. Ihm gegenüber war der Sarkophag von Inês, der im Auftrag von Pedros Vater und dessen Hofstaat ermordeten Geliebten. Der steinerne Sarg ruhte auf herausgemeißelten Tiermenschen, die ihre Mörder darstellen sollten. Auf Pedros ausdrücklichen Wunsch standen die beiden Sarkophage mit den Fußenden zueinander, damit sich die beiden unglücklich Verliebten beim Jüngsten Gericht sofort ansehen konnten. »In so einer Kirche kann man sich in die verflossene Zeit einfühlen, in die alte, streng hierarchisch gegliederte Weltordnung, wo hoch droben die Kuppeln und Türme die Macht symbolisieren und unten tief geduckt die Menschen um Gnade bitten.« Für Jacinto war diese Zisterzienserabtei ein Beweis vergangener portugiesischer Größe. »Stell dir nur mal die Lebensumstände der Menschen in der damaligen Zeit vor: Sie lebten in Armut, waren von Krankheiten geplagt, Schmutz auf den Straßen, es herrschte Chaos und Ungewissheit, und dann tritt man in diese Kathedrale. Was für eine Ehrfurcht müssen die Menschen damals empfunden haben.«

Hannah hatte ein paar Skizzen angefertigt, wusste aber nicht, ob es wirklich eine gute Idee war, eine Zeichnung ihrer Ausstellung diesem berühmten Liebespaar zu widmen. Dazu war ihr auch die Geschichte der beiden ein wenig zu düster.

Viel besser gefiel ihr die Aussicht aus dem Speisesaal des Jagdschlosses von Carlos 1., das im Nationalpark Buçaco lag und zu einer Pousada umgebaut worden war. Die Kellner sahen es gar nicht gerne, dass sie ihre Staffelei für ein paar Stunden zwischen den bereits für den Lunch gedeckten Tischen aufbaute. Aber Jacinto war es gelungen, die Hotelangestellten mit einer kleinen Geldgabe zu besänftigen.

Über Viseu und Lamego, Mateus und Vila Real gelangten sie in das *Vidago Palace Hotel* »Hier würde ich gerne unsere Hochzeit feiern«, hatte Jacinto fast ein wenig beiläufig gesagt und ihr die herausgeputzte Pracht des Hotels gezeigt. Riesige Billardsäle, zwei hintereinander liegende Spielzimmer mit grünen, filzbezogenen Tischen, ein Gartensalon mit den geblümten Sofas im altenglischen Stil. Hannah war von Jacintos Bemerkung überrascht worden, ans Heiraten hatte sie noch nie gedacht. Nach dem mehrgängigen Dinner hatte sich Jacinto an den Steinway-Flügel gesetzt und jazzige Melodien improvisiert. Erst brachte der Hotelbesitzer eine Flasche

Champagner für den netten Pianisten und seine Verlobte, wie er sich auszudrücken pflegte, dann kamen die Gäste aus ihren Zimmern, um dem Klavierspiel zu lauschen. Bis in die frühen Morgenstunden hatten sie gesungen und getanzt und viel dabei gelacht.

Der Besuch bei Jacintos Eltern in Dornelas war ganz anders ausgefallen, als Hannah es erwartet hatte. »Meine Eltern sind einfache Leute, auch wenn sie einen kleinen Hof besitzen«, hatte ihr Jacinto auf der Fahrt erzählt. »Sie mussten nach Frankreich emigrieren, um Arbeit zu finden. Lange Jahre konnten sie nicht heimkehren, weil ihnen das Fahrgeld fehlte. Deswegen sind mein älterer Bruder und ich auch in Frankreich aufgewachsen. Aber du wirst sie mögen, wenn du sie näher kennen lernst.« Hannah war nicht auf einen Besuch bei seinen Eltern vorbereitet gewesen. Wollte Jacinto ihnen seine Braut vorstellen? Die Aufnahme war überaus freundlich. Hannah hatte inzwischen genügend Portugiesisch gelernt, um ohne Jacintos Übersetzung kleine Gespräche zu führen. Irgendwann hatte seine Mutter ihren Sohn zur Seite genommen. Zu einer Unterredung unter vier Augen, von der Hannah erst nach ihrer Abreise erfuhr. Jacintos Mutter hatte ihren Sohn eindringlich gebeten, bald zu heiraten. Sie freue sich schon so auf das große Hochzeitsfest hier im Dorf. Das würde ein Höhepunkt in ihrem Leben sein. Er wisse doch, dass sein jüngerer Bruder, der in Kanada lebte, nur an Weihnachten mal anrufe, sonst hätten sie keinerlei Kontakt mehr, also sei nun er ihre einzige Hoffnung. »Und Enkelkinder hätte ich auch gerne, mindestens drei«, hatte seine Mutter hinzugefügt, »ich will nicht erst achtzig werden müssen, bevor ich sie in den Arm nehmen kann.« Hannah gefalle ihr, bestimmt eine gute Wahl. Nur dass er, ohne verheiratet zu sein, auf diese »Flitterwochenreise« gehe, wie sie es nannte, das gefiel ihr überhaupt nicht. Sie hatte Hannah und Jacinto in ihrem Haus getrennte Schlafzimmer zugewiesen.

Auf der Fahrt zum Nationalpark Gerês hatten sie gemeinsam über die Erwartungen seiner Mutter geschmunzelt. »Wo sollen wir denn noch überall heiraten?«, hatte Hannah gefragt. Ihre Eltern hätten doch bestimmt auch ein Wörtchen mitzureden. Sie hatte zwar nur selten Kontakt zu ihnen, aber wenn es zur Hochzeit kommen sollte, dann würde Hannah sie dabeihaben wollen. Aber musste man denn überhaupt heiraten? Sie würde mit Jacinto auch ohne Trauschein zusammenbleiben.

Jacinto hatte ihr einen besonders schönen Platz versprochen. Sie müsse nur noch einen Rahmen darum zeichnen – das wäre ein einmaliger Fensterblick für ihre Ausstellung.

Nun waren sie schon vier Wochen unterwegs. Hannah hatte von Tag zu Tag das Land und Jacinto mehr lieben gelernt. Nicht alle Bilder hatte sie vollenden können. Aber sie besaß genügend Dias von den Aussichten, die sie zeichnen wollte.

Den Wagen hatten sie an der Brücke über den Rio Homem abgestellt und waren zu Fuß am Fluss entlanggegangen. Jacinto trug die Staffelei, während Hannah die lederne Mappe mit den Zeichenblättern unterm Arm hielt. Schon nach ein paar Minuten erreichten sie ein ausgewaschenes Becken. »Wir müssen noch etwas weiter!« Jacinto hatte nicht zu viel versprochen. Hannah war begeistert und wollte gleich mit der Arbeit beginnen. Das Licht war genau richtig.

Kinder spielten im dunklen Becken, hüpften mit angezogenen Beinen ein ums andere Mal von der Felsnase. Das Wasser spritzte auf. Nach allen Seiten.

Während Hannah begann, die Staffelei aufzustellen und ein Blatt einzuspannen, zog Jacinto sich aus.

Eine Zeit lang beobachtete er die ausgelassen tobenden Kinder.

Hannah skizzierte die Linien des glatten Felsens. In sanften Wölbungen fielen sie zum Wasser ab.

Als sie Jacinto auf dem Felsvorsprung stehen sah, noch ein wenig unschlüssig, rief sie: »Trau dich doch!«

Jacinto sprang.

Ein gurgelnder Schrei durchschnitt das Lärmen der Kinder.

Als Jacinto endlich auftauchte, war sein Gesicht kalkweiß.

Hannah riss die Staffelei zu Boden, rannte den Abhang hinunter.

Die Kinder bildeten einen Kreis um das Wasserbecken.

»Jacinto!«, rief Hannah, während sie sich durch die Umstehenden drängte.

Gemeinsam trugen sie Jacinto aus dem Wasser ans steinerne Ufer.

»Ich brauche einen Arzt!«, sagte Jacinto. »Schnell, mein Handy!«

Er war bei Bewusstsein, aber immer wieder verdrehten sich seine Augen ins Weiße.

Hannah telefonierte. Dreimal musste sie wählen, bis sie endlich eine Verbindung bekam.

Unentwegt strich sie über Jacintos Kopf. Ganz behutsam. Sprach ihn an. Bekam aber kaum Antworten.

Es hatte eine Ewigkeit gedauert, bis die Retter des Notarztwagens eingetroffen waren.

Schon längst hatte Jacinto das Bewusstsein verloren.

Auf der Fahrt ins Krankenhaus in Gerês hatte sie neben ihm gesessen, seine Hand gehalten und versucht, mit ihm zu reden.

Jacinto war nicht mehr ansprechbar.

In der Notaufnahme musste sie sich ausweisen.

Sie war so aufgeregt, dass sie ihr Portugiesisch verlernt hatte.

Wenn sie keine Verwandte sei, könne man ihr leider keine Auskunft geben. Die Eltern des Verunglückten seien aufgrund ihrer Angaben schon verständigt und auf dem Wege hierher. Sie müsse sich bitte gedulden.

Zwei Polizisten waren gekommen. Hatten sie ausgefragt. Als trüge sie an dem Unfall eine Mitschuld.

Hannah hatte zwei Stunden auf dem Flur gesessen. Immer wieder waren Ärzte und Schwestern vorbeigelaufen.

Nach mehrfachem Bitten bekam sie die Nachricht.

»Der Mann ist verstorben!«

Ohne auf das Eintreffen von Jacintos Eltern zu warten, hatte Hannah das Krankenhaus verlassen.

Eine Zeit lang war sie durch das kleine Städtchen gerannt.

Planlos.

Ziellos.

Völlig durcheinander.

Als sie wieder an Jacintos Wagen angekommen war, sie hatte sich von einem Taxi an die Portela do Homem bringen lassen, zerrte sie die Mappe mit den Zeichnungen hervor und zerriss die fertigen Bilder.

Die Schnipsel warf sie ins Wasser.

17

Wie eiskalte Nadelstiche fuhr es durch Amandos nackten Körper. Blitzschnell krümmte er sich zusammen, um nicht auf dem Boden des Wasserbeckens aufzukommen.

Aber er konnte den Aufprall nicht verhindern.

Ein heftiger Schlag ging durch seine Wirbelsäule.

Bis hinauf in den Nacken.

Amando hielt die Luft an, stemmte sich gegen das eindringende Wasser. Blies die Wangen auf, bis sie schmerzten. In seinen Ohren knackte es.

Er hätte niemals gedacht, dass der Felsentümpel derart kalt sein würde.

Mit ein paar kräftigen Schwimmzügen tauchte er wieder an der Oberfläche auf.

Erst jetzt vernahm er Hannahs Schreie, die in rascher Folge seinen Namen wiederholte, jedes Mal ein wenig verstümmelter.

Wie das Krächzen eines Raubvogels, der seine Beute aufscheuchen will, um sie zu erledigen.

Hannah stand am Rande des Wasserbeckens, streckte beide Hände nach ihm aus.

Zwei unsichere Schritte auf klitschigem Boden, dann war er bei ihr.

Hannahs Kleid wurde völlig durchnässt.

»Ruhig, ganz ruhig«, sagte Amado leise, »es ist mir nichts zugestoßen!«

Er spürte Hannahs Herz klopfen.

Der Puls in schneller Folge, wie mechanisch ausgeführte Trommelschläge.

Sein Steißbein schmerzte. Wahrscheinlich würde er eine Woche lang blaue Flecke haben.

Jacinto hat nicht so viel Glück gehabt, dachte Amando.

»Ist dir auch wirklich nichts passiert?«, fragte Hannah. Sie klammerte sich an Amando, zitterte am ganzen Leib.

»Keine besonderen Vorkommnisse, nur demnächst ein blaugrüner Hintern!«

Amando spürte, dass Hannah keineswegs zu Scherzen aufgelegt war.

»Ich dachte, du würdest nie wieder auftauchen!«, stieß sie erregt hervor. Ihre Stimme überschlug sich.

Wer sich von dieser Felsnase ins ausgewaschene Becken stürzte, ohne den Sprung unter Wasser durch schnelles Zusammenkrümmen abzufangen, hatte kaum eine Chance.

»Wie Jacinto?«

Hannahs Nicken war kaum zu bemerken. Ihre Lippen zusammengepresst, der Blick gesenkt.

Es dauerte lange, bis Hannah sich beruhigt hatte. Nach und nach, immer wieder unterbrochen von Weinkrämpfen, erzählte sie, was Jacinto zwei Jahre zuvor an diesem Wasserbecken zugestoßen war.

»Es war ganz alleine meine Schuld«, sagte sie, »ich hätte ihn niemals zum Springen ermutigen dürfen. Die Polizisten in Gerês hatten Recht, ich trage eine Mitschuld an seinem Tod … aber das ist mir erst viel später klar geworden! Viel später.«

Sie sah Amando flehend an, als müsse er ihr verzeihen.

Auf der Fahrt nach Dornelas, es ging über Salamonde, Lamalonga und Venda Nova, fragte Amando, warum Hannah nach Jacintos Tod nicht den Kontakt zu seinen Eltern gesucht habe. Schließlich sei sie doch kurz vorher noch bei ihnen gewesen.

»Ich bin davongerannt. Nur weg von diesem grausigen Ort. Alles war für mich zu Ende. Auch Antonio konnte mich nicht trösten …«

»Heißt das, du warst nicht mal bei Jacintos Beerdigung?«

Amando musste scharf abbremsen, weil ein Lastwagen aus einem Seitengässchen herausfuhr, ohne auf die Vorfahrt zu achten. Beinahe wären die beiden Autos zusammengeprallt.

»Ich wollte seinen Tod einfach nicht wahrhaben«, antwortete Hannah. »Es dauerte ein Dreivierteljahr, bis ich Jacintos Eltern einen Brief schreiben konnte. Ich wollte ihnen mein kopfloses Verhalten erklären. Immer wieder habe ich den Text geändert. Mindestens fünfmal meinen Brief zerrissen. Wie konnte ich ihnen sagen, was ich fühlte …« Hannah unterbrach sich. »Aber ich habe nie eine Antwort erhalten. Sie haben jedes Recht, mich zu verachten. Noch am Tag zuvor hofften sie auf eine große Hochzeit und eine Schwiegertochter. Und dann der plötzliche Tod von Jacinto.«

Der kleine Ort Dornelas in der *Serrado Barroso* war eine Ansiedlung von alten Steinhäusern. Vor den Bauernhöfen türmten sich hohe Misthaufen. Enge, gepflasterte Gassen erschwerten die Orientierung.

Am Dorfbrunnen standen zwei alte Männer, die sich auf krumme Stöcke stützten.

Amando hatte sie nach dem Hof von Jacintos Eltern gefragt. Umständlich erklärten die beiden, sich gegenseitig immer wieder verbessernd, wie die Fremden zu fahren hätten, um dorthin zu gelangen.

Am Schluss sagte einer von ihnen: »Sind Sie etwa der verlorene Sohn aus Kanada?« Der andere fügte mit heiserer Stimme hinzu: »Den älteren haben sie ja so tragisch verloren!«

Amando hielt es für besser, auf diese Fragen nicht zu antworten.

Kurze Zeit später erreichten sie den kleinen Hof.

»Soll ich dich begleiten?« Amando legte seine Hand auf Hannahs Arm. »Ich könnte ja auch übersetzen, wenn dir die Worte ausgehen …«

»Nein, das ist meine Sache«, erwiderte sie, »hole mich bitte in zwei Stunden wieder ab. Ich muss all meinen Mut zusammennehmen, um ihnen gegenüberzutreten. Und außerdem, was sollte ich ihnen über dich sagen? Das würden sie gewiss nicht verstehen.«

Erst als Amando weggefahren war, klopfte Hannah an die Eingangstür. Das geriffelte Glas im Aluminiumrahmen gewährte keinerlei Einblick ins Innere des Hauses.

Amando betrat eine Bar in Vila Grande, dem Nachbarort von Dornelas. Es war das Café Macau.

Geräucherte Schinken baumelten über der Theke, ein kleines Eichenfass mit Rotwein und viele Likör- und Schnapsflaschen reihten sich an der Rückseite der Bar vor einem Spiegel auf.

Amando konnte sein Gesicht betrachten.

Die dunklen Ringe unterhalb der Augen waren unübersehbar.

Hannahs Bericht über Jacintos Unfall hatte ihn derart mitgenommen, dass er kaum etwas hatte erwidern können. Wieso glaubte sie, dass sie seinen Tod mit verursacht hatte? Nur weil sie gerufen hatte, er solle sich trauen zu springen? Er war doch auch gesprungen. Ohne ihre Aufforderung. War das nicht bloß die Einbildung einer Frau, die allzu sehr geliebt hatte?

Ziemlich heftig spürte er ein Ziehen an der Stelle, wo er auf dem kalten Stein aufgeschlagen war. Hoffentlich war es nur eine Prellung, und er hatte sich nichts gebrochen.

Im Café Macau schien es um diese Uhrzeit keine Bedienung zu geben. Amando ging auf die Toilette, um sich die Hände zu waschen.

Sosehr er sich auch bemühte, im zerplatzten Spiegel über dem Waschbecken konnte er seine lädierten Pobacken nicht betrachten. Er wandte sich hin und her, aber sie blieben außerhalb seiner Augenwinkel.

»*Um bagaço*«, sagte Amando, als er wieder an die Theke trat. Der Wirt war ein gedrungener Mann, der sich als Antonio Batista Afonso vorstellte. Er sei in der ganzen Gegend bekannt. Mindestens einen Tag im Jahr. Und zwar immer am 20. Januar.

Maria und José saßen nebeneinander auf dem dunkelgrünen Sofa. Über ihnen in leuchtenden Farben ein Ölgemälde in breitem goldenen Rahmen. Es zeigte die *Senhora de Fátima* in ihrem hellblauen Gewand, das schmale Gesicht von einem glänzenden Sternenkranz umrankt. Ihre Miene sanft und ihr Blick gefasst.

Jacintos Mutter hatte Hannah freundlich hereingebeten. Natürlich wisse sie, wer die Fremde sei. Maria war durch ihre Küche in die Wohnstube gegangen, deren Jalousien fest verschlossen gehalten wurden. Sie sagte, sie wolle nur rasch ihren Mann holen, der sei im Stall, um die Tiere zu füttern.

Hannah hatte sich ein paar Sätze der Entschuldigung zurechtgelegt, die sie leise vor sich hin murmelte. Sie wollte gleich zu Beginn sagen, dass sie sich damals falsch verhalten habe, dass es ihr Leid tue, dass sie gekommen sei, um Jacintos Eltern um Nachsicht zu bitten.

An der rechten Seite des Wohnzimmers stand eine braune Anrichte, auf der linken neben dem Sofa zwei Sessel. In der Mitte des Raumes ein lang gestreckter Couchtisch mit drei Kerzenleuchtern aus Messing.

Erst als José eintrat, erblickte Hannah das Foto von Jacinto, in einem schwarzen Holzrahmen gleich neben der Tür.

Sie erschrak ein wenig.

Nein, sie brauche ihnen nichts zu erklären, sagte Maria, nein, sie trage keinerlei Schuld am Tod ihres Sohnes, fügte José an. Antonio sei zur Beerdigung da gewesen, er habe damals schon alles erklärt.

»Auch, wie es um Sie bestellt war. Seinen Tod mit ansehen zu müssen war ja bestimmt ein fürchterlicher Schock für Sie«, sagte Jose. Ja, sie hätten den Verlust ihres Sohnes bis heute nicht verwunden. Nein, einen Brief von Hannah hätten sie leider nie erhalten. Aber die Post arbeite in dieser verlassenen Gegend wirklich sehr unzuverlässig.

Hannah bemerkte, wie die beiden auf dem Sofa immer näher aneinander rückten.

»Leider ist unser jüngster Sohn in Kanada. Jedes Jahr verspricht er aufs Neue, uns zu besuchen. Aber er kommt einfach nicht«, sagte José mit brechender Stimme, »er kann sich nicht vorstellen, was es für uns bedeuten würde, wenn er wenigstens ein einziges Mal zu Besuch kommen würde.«

»Ich habe völlig vergessen, Ihnen etwas anzubieten.« Maria erhob sich schnell. »Einen Kaffee, einen Tee, ein Glas Wasser, was möchten Sie? Sie bleiben doch zum Essen. Bitte!«

Obwohl Hannah vorgehabt hatte, den Besuch bei Jacintos Eltern nicht allzu lange auszudehnen, willigte sie ein. Unmöglich hätte sie Maria bitten können, ihren Wunsch auf der Stelle zu erfüllen.

Antonio Batista Afonso holte einen Stapel Alben hervor. Sie waren in grellen Farben gebunden. Lila, Grasgrün, Rosé, Knatschgelb. Ob die Modefarben auch die Einbände der Alben diktierten?

Es handelte sich um Fotos von lachenden, strahlenden, trunkenen Menschen. Manche prosteten der Kamera zu, andere stießen mit dem Nachbarn an, wieder andere hielten die Augen schon halb geschlossen. Bilder in Festtagsstimmung, jubelnd, viele zufriedene Gesichter, Bilder von großer Ausgelassenheit und Freude.

Ob er denn noch nie von der »Mildtätigen Speisung« an São Sebastião gehört habe, die jedes Jahr am 20. Januar in Dornelas stattfinde, hatte der Barbesitzer von Amando wissen wollen.

»Mein Café Macau ist nämlich der Kopf der endlos langen Tafel. Hier bei mir fängt alles an. Jedes Jahr kommen mehr Besucher. Wir sind so berühmt, dass schon die Leute von Chaves anreisen. Letztes Jahr waren es bestimmt 5.000, wenn nicht sogar 6.000. Wir sind mit dem Zählen gar nicht mehr nachgekommen. Sogar das Fernsehen hat über uns berichtet. Sie haben am Abend ein Interview mit mir gebracht.«

Die Fotos zeigten die Holztische, auf denen sich Brotlaibe stapelten, alle zwei Meter eine Suppenschüssel, dazwischen Fünf-Liter-Ballons mit Rotwein. Manche der Kinder trugen weiße Blümchen im Haar. Auf einigen Schwarz-Weiß-Aufnahmen sah Amando tanzende Gruppen.

»Die Frauen fangen zwei Wochen vor dem Fest mit dem Brotbacken an. Im letzten Januar mussten sie tausend Brote backen. Eines Tages überflügeln wir bestimmt die Speisung der Armen in der Bibel. Keiner unserer Gäste muss nämlich etwas bezahlen.«

Kein Wunder, dachte Amando, wenn es etwas kostenlos gibt, strömen ja immer alle herbei.

Die Fotos aus den verschiedenen Jahren glichen sich. Es waren kaum Unterschiede in der Kleidung auszumachen. Die Anzüge der Männer waren nicht die jüngsten, und die Kleider der Frauen fanden sich gewiss in keinem Katalog mehr.

»Erst gehen wir alle zur Messe, danach nehmen wir unser gemeinsames Mahl ein. Dieses Jahr war die Tafel über drei Kilometer lang. Es gibt immer das gleiche Essen. Nach der Suppe tragen die Frauen Reis und am Spieß gebratenes Schweinefleisch auf. Dazu spendieren wir den Wein der Toten …«

Amando glaubte, sich verhört zu haben, und ließ sich den Namen wiederholen.

»Nein, nein, der heißt wirklich so. Nach dem Abfüllen wird der Wein in der Erde ein bis zwei Jahre eingelagert, in der Nähe eines Grabhügels, um so besser sein besonderes Aroma entwickeln zu können. Möchtest du mal einen Schluck probieren?«

Amando lehnte ab. Er müsse heute noch weiterfahren, entschuldigte er sich.

Der Barbesitzer holte immer neue Alben hervor. Anscheinend hatte er jedes Jahr Hunderte von Fotos gemacht und anschließend diejenigen sorgsam eingeklebt, die ihm niemand abgekauft hatte.

»An São Sebastião regnet es nie. Da ist uns der Heilige gnädig. Die Frauen haben ja sehr viel Arbeit mit der Vorbereitung der Mildtätigen Speisung, und wenn es dann regnen würde, das wäre ja wirklich schade.«

Amando wollte wissen, aus welchem Grunde denn die Gäste kostenlos mitten im Winter bewirtet würden und woher das Geld für die Mildtätigkeit komme.

Das sei eine lange Geschichte, antwortete Senhor Afonso, die gehe schon auf den Beginn des 19. Jahrhunderts zurück.

Während des Essens hatten sie nicht viel gesprochen. Maria hatte die Suppe aufgetragen, die sie für sich und José vorbereitet hatte. Ihr Mann war nach dem Essen wieder in den Stall gegangen. Er müsse sich um eine kranke Kuh kümmern.

Während sie einen bitteren Kaffee tranken, Maria hatte keinen Zucker mehr im Haus, erzählte Hannah, dass sie seit dem Tod von Jacinto nicht mehr malen könne und dass sie nicht wisse, ob es ihr jemals wieder gelingen werde, ein Bild zu beenden.

Maria hörte zu. Ihr verstorbener Sohn hatte von Hannahs Talent geschwärmt, was für eine berühmte Malerin sie sei und dass demnächst eine große Ausstellung anstehe.

Immer wieder hatte Hannah auf das gerahmte Foto neben der Tür schauen müssen.

»Ich denke, es wird Zeit«, sagte Maria. Sie erhob sich, stellte die Teller übereinander und trug sie in die Küche.

Hannah sah auf die Uhr. Sie war schon mehr als zwei Stunden im Hause von Jacintos Eltern, aber sie wollte nicht gehen, ohne sein Grab besucht zu haben.

»Sie sind doch bestimmt gekommen, um sich von ihm zu verabschieden«, sagte Maria. Erst jetzt stellte Hannah fest, wie klein Jacintos Mutter war, sie reichte ihr kaum bis an die Schulter.

Der Weg über die matschigen Straßen zum Kirchhof dauerte eine viertel Stunde.

Hannahs Atem ging schwer.

Warum habe ich diesen Besuch so lange aufgeschoben? Warum habe ich nicht die Kraft besessen, wenigstens bis zu seiner Beerdigung zu bleiben? Warum bin ich nicht früher hierher gekommen? War ich tatsächlich zu feige, mich Jacintos Eltern zu stellen? Die Fragen überschlugen sich in ihrem Kopf. Sie hatten ihr keine Vorwürfe gemacht, was den Unfall anging. Wieso ist mein Brief nicht angekommen, an dem ich so lange formuliert habe?

Die Kapelle auf dem Friedhof war vollständig von Efeu umwachsen. Nur die niedrige Tür hatte man aus dem dichten Gebüsch freigeschnitten. Vor der Kapelle ein Kruzifix, dessen Holz so verwittert war, dass es jeden Moment zusammenzubrechen drohte.

»Das Grab ist dahinten!«, sagte Maria. »Ich gehe jeden Tag einmal bei ihm vorbei.«

Auf dem Friedhof befanden sich kaum mehr als dreißig Gräber, die meisten Grabsteine waren bemoost, wenige Holzkreuze waren in den letzten Jahren hinzugekommen.

Das Foto von Jacinto, das auf ein ovales Schild emailliert worden war, zeigte einen jungen Mann, der herausfordernd in das Objektiv einer Kamera blickte. So als wollte er sagen: Ich stelle mich dem Leben!

Hannah konnte die Tränen nicht zurückhalten.

Auch Maria weinte.

Sie sprach mit stockender Stimme ein Gebet, während Hannah den Blick nicht von seinem Foto nehmen konnte. Wie anders war das Bild neben dem Türrahmen gewesen. Auf diesem Foto hatte Jacinto sanft gelächelt, ein Lächeln, in das sich Hannah seit ihrer ersten Begegnung in Worpswede verliebt und das sie während der ganzen Reise durch Portugal begleitet hatte.

Auf dem Grab standen frische Mohnblumen, deren rotes Leuchten neue Hoffnung aufkommen ließ.

Maria wandte sich Hannah zu, breitete ihre Arme aus und umfasste sie an der Hüfte.

So verharrten die beiden Frauen.

Schweigend.

In großer Innigkeit.

Amando musste sich sämtliche Alben ansehen. Die frühesten Fotos datierten aus den zwanziger Jahren. Damals trugen fast alle Männer schwarze Hüte auf dem Kopf.

»Noch einen?«, fragte der Wirt.

»Nein, auf keinen Fall«, Amando schaute auf das leere Schnapsglas. Wie viele dieser tückischen Trester habe ich schon zu mir genommen?

»Als Napoleon hier mit seinen französischen Truppen durchzog, da hat der heilige Sebastian dafür gesorgt, dass unser Dorf verschont geblieben ist. Die marodierenden Soldaten sind zehn Kilometer weiter vorbeigezogen und haben fürchterliches Unheil über die Bevölkerung gebracht. Damals wurde von den Bewohnern ein Gelübde abgelegt. Jedes Jahr am 20. Januar werden zu Ehren des Heiligen die Bedürftigen aus der Umgebung kostenlos bewirtet. So begann die Tradition, und sie hat bis auf den heutigen Tag gehalten.«

Bevor Amando fragen konnte, wer denn das Geld für diese Speisung aufbringen würde, öffnete sich die Tür.

Hannah betrat die Bar.

»Hast du mich vergessen?«, fragte sie etwas außer Atem.

Amando schaute auf die Uhr.

»Wie hast du mich denn gefunden?«, fragte er, statt Hannahs Frage zu beantworten.

»Es hat sich schon im ganzen Dorf herumgesprochen, dass ein Fremder bei Antonio sitzt und sich mit Schnaps abfüllen lässt!«

Hannah lächelte verschmitzt.

Dann ging sie zu Amando, legte ihren Arm um seine Schulter.

»Danke«, flüsterte sie.

Senhor Afonso hob die Flasche hoch.

»Auch einen?«, fragte er aufmunternd.

18

Amando sprang aus dem Bett, zog die Jalousie hoch. Der Blick über den lang gestreckten Strand von Ofir war prächtig. Die Wellenbrecher mit den riesigen Felsbrocken gingen tief ins Wasser hinein. Die Sonne glitzerte auf den Wellenkämmen.

Diesen Fensterblick müsste Hannah malen.

Wenn sie endlich wieder anfangen würde.

Im Badezimmer betrachtete Amando seine blauen Flecke. Sie schmerzten bei der kleinsten Berührung, was er in der letzten Nacht zu spüren bekommen hatte, auch wenn Hannah äußerst behutsam mit ihm umgegangen war.

Die Dusche tat gut. Eine Zeit lang stellte er sich so, dass der kalte Strahl seinen Rücken hinunterlief und die schmerzenden Stellen kühlte. Was für ein Idiot bin ich doch gewesen, von diesem Felsen zu springen, dachte er, und was für einen Schutzengel habe ich gehabt. Vielleicht ist es ja der heilige Sebastian gewesen.

Im Frühstücksraum suchte Amando vergeblich nach Hannah. Er fragte den Kellner. Ohne Ergebnis. Auch an der Rezeption wusste man nicht, wo die Deutsche abgeblieben war.

Amando rannte in den dritten Stock hinauf.

Atmete erleichtert auf. Ihre Sachen waren da.

Vielleicht macht sie einen Spaziergang, während ich mal wieder so lange geschlafen habe.

Am Frühstücksbüfett trank er seine üblichen zwei Gläser Orangensaft und bestellte eine große Kanne Kaffee.

In *O Diário* las er wie immer das Feuilleton und die Sportseite. Der FC Porto stand auf Platz zwei der Tabelle, gute Aussichten. Er hatte Hannah dazu überreden können, ihn nach Porto zu begleiten. »Wenn du meine Stadt nicht gesehen hast, kennst du noch gar nichts von Portugal«, hatte er ihr gesagt.

Wie verändert sie war.

Wie gelöst.

Sie hatte ihm ausführlich von dem Besuch bei Jacintos Eltern erzählt, vom Abschied am Grab. Wie freundlich sie aufgenommen worden war. Und wie getröstet. Sie hatte Jacintos Mutter versprochen, mit ihnen in Kontakt zu bleiben.

Die Fahrt von Dornelas nach Ofir hatte vier Stunden in Anspruch genommen.

Hannah wollte unbedingt ans Meer.

Amando kannte diesen Strand seit langem. Immer wenn seine Familie den Sommerurlaub in Portugal verbrachte, hatte sein Vater ein Ferienhaus in Ofir gemietet. Amando liebte es, in der Brandung des Atlantiks zu schwimmen. Auch wenn es heftig stürmte. Ihm konnten die Wellen nicht hoch genug sein.

Er schaute auf die Uhr.

11 Uhr 11. Warum kam Hannah nicht zurück?

Er legte die Zeitung zur Seite, trank den letzten Schluck Kaffee und verließ den Frühstücksraum.

Der Mann an der Rezeption bedauerte, ihm keine andere Nachricht geben zu können. Vielleicht habe seine Freundin den Ausgang auf der Rückseite des Hotels genommen, von dort gelange man direkt an den Strand.

Amando lief los.

Vom Meer wehte eine frische Brise.

Als er auf der Promenade stand, hielt er nach beiden Seiten Ausschau.

Die kräuseligen Wellen schäumten wild durcheinander.

Einlaufende Flut.

Kaum jemand am Strand zu sehen.

Nach links oder nach rechts?

Er entschied sich, Richtung Landzunge zu gehen. An die Mündung des Rio Cávado. An die Stelle, die er Hannah am Abend zuvor gezeigt hatte. Wo sich die sanften Wellen des Flusses mit den heftigeren des Atlantiks vermischten. Beim Sonnenuntergang hatten sie dort lange gestanden und dem Zusammenfließen der Wasser zugeschaut.

Der trockene Sand machte ein schnelles Vorankommen unmöglich.

Sie hätte mir doch wenigstens einen Zettel schreiben können.

Im Hotel Ofir hatte Hannah ein Doppelzimmer verlangt, ohne Amando vorher zu fragen. Während des späten Abendessens waren sie sich wieder näher gekommen. »Ich möchte mich bei dir bedanken«, hatte Hannah gesagt, »alleine hätte ich den grausigen Ort nicht ertragen und auch nicht den Besuch bei Jacintos Eltern.« Aber er sei doch gar nicht dabei gewesen, hatte Amando eingewandt. »Ich wusste, dass du in der Nähe bist. Das gab mir Kraft.«

Schon von weitem entdeckte er Hannah.

Sie saß auf ihrem dreibeinigen Lederhocker, vor sich die Staffelei.

Amando verlangsamte seine Schritte.

Auf keinen Fall wollte er sie stören.

Hannah malt, dachte er, Hannah malt! Gott sei Dank, Hannah malt! Am liebsten hätte er es laut ausgerufen, gegen den Wind und gegen alle Hindernisse, gegen die Ängste und gegen die einlaufende Brandung.

Er setzte sich in eine Sandkuhle. Wenn er den Kopf reckte, konnte er Hannah bei der Arbeit zuschauen, wenn er sich duckte, würde sie ihn nicht ausmachen können.

Ganze zwanzig Minuten hielt es Amando aus.

Dann stand er auf, dehnte seinen Rücken und lief zu Hannah hinüber.

»Gutes Timing«, sagte Hannah, als er hinter sie trat. »Ich bin fast fertig.«

Ein Bild ohne Rahmen.

»Was für ein magischer Ort!«, Hannah legte die Palette weg. »Den habe ich dir zu verdanken! Ich musste heute Morgen in aller Frühe los und unbedingt hier malen!«

Sie küsste Amando.

Das Bild gefiel ihm außerordentlich gut.

Das Zusammentreffen des Rio Cávado und des weiten Ozeans. Wie die unterschiedlichen Wellenlandschaften miteinander verschmolzen.

»Hast du mich etwa vermisst?«, fragte Hannah. Sie sortierte ihre Pinsel in den Kasten.

»Wer? Ich?«, Amando lachte. »Ich möchte dich nie mehr vermissen, Hannah!«

Der Markt von Barcelos war ein einziges Getümmel. Haufen von Kohl, Kartoffeln und Bananen, Salatberge und Tomatentürme, dazwischen eine Frau, die einen Hahn auf dem Schoß hielt. Stände mit dottergelben Kuchen, mit paprikaroten Würsten, mit pech-schwarzen Auberginen. In der Luft lag der würzige Geruch getrock-neter Fische, aufgestapelt auf groben Holzbrettern, geordnet nach Größe und Gewicht, *Bacalhau* war auch in dieser Gegend wichti-ger Bestandteil der heimischen Küche. Zwischen den Gemüsehau-fen und den Kartoffelhügeln saßen schwarz gekleidete Frauen, die auf Kundschaft warteten. Zwischen im Wind baumelnden Büsten-haltern tauchte ein lachendes Verkäufergesicht auf. Töpfe, Körbe, Strohhüte, ganze Bataillone von Krügen. Leinentücher, Stickereien, gewebte Teppiche. Schüsseln aus Kupfer und Messing. Souvenir-stände mit Kitsch in allen Formen und Farben. Die Madonna neben Popeye, Dracula neben Bambi, das Ungeheuer von Loch Ness neben dem Jesuskind.

Hannah war derart glücklich über diesen frühen Vormittag am Strand von Ofir gewesen, dass sie Amando gebeten hatte, sie so lange herumzufahren, bis sie ein Motiv für ein neues Bild entdeckte.

»Kein Problem, Hannah«, hatte Amando erwidert, »in dieser Gegend kenne ich jeden Stein mit Namen!« Auf seinen Touren durch die Buchhandlungen im Norden Portugals machte er immer gerne Station in Barcelos, dem mittelalterlichen Städtchen mit dem überbordenden Wochenmarkt am Donnerstag. Es hieß, es sei der größte im ganzen Land. Aber das behauptete man auch in anderen Kleinstädten.

»Weißt du, was ein halver Hahn ist?«, fragte Amando.

»Ja, klar, hab ich schon oft gegessen«, antwortete Hannah. Sie hielt einen großen Schirm in den Farben des Regenbogens in der Hand. So einen hatte sie noch nie gesehen.

»Und was hast du da gegessen?«, Amando schob sein Gesicht zwischen Hannah und den vielfarbigen Regenschirm.

»Ein Brathühnchen, einen Broiler, ein halbes Grillhähnchen, ganz gleich, wie du das nennst.«

Amando grinste.

»Irrtum, Hannah. Mit dem halven Hahn haben immer die Väter im Rheinland ihre Kinder reingelegt. Und die Kinder haben es mit ihren Kindern wieder so gemacht.«

Hannah verstand nicht recht, worauf er hinauswollte.

»Die Väter versprechen ihren Kindern, heute gehen wir mal aus und essen jeder einen halben

Hahn!«, erklärte Amando. »Natürlich ist die Freude groß. Jeder einen halben Hahn und ganz für sich alleine. Toll. Bis dann der Ober die Teller auf den Tisch stellt. Die langen Gesichter solltest du sehen. Ein halver Hahn ist in Köln nämlich ein Röggelche met Kies.«

»Und was soll das sein?«, fragte Hannah.

»Ein halbes Brötchen mit Holländerkäse«, antwortete Amando.

Sein Lachen war so laut, dass sich einige der Marktbesucher nach ihnen umdrehten.

»Noch nie gehört«, gab Hannah zu. Wieso er gerade jetzt darauf komme, wollte sie wissen. Sie kaufte den Schirm, in Erinnerung an diesen Vormittag.

Amando ließ die Frage unbeantwortet und zog Hannah mit sich.

Das Gedränge war enorm. Sie hatten Mühe, voran-zukommen.

Es dauerte eine ganze Weile, bis sie sich durch die Budenstraßen gezwängt hatten.

An einem Souvenirstand hielt Amando an.

Die tiefroten, geschwungenen Hahnenkämme waren viel zu groß für die schmächtigen schwarzen Hähne, auf deren breiten Flügeln zwei Herzen gemalt waren.

»Ganz schön kitschig, meinst du nicht?«, kommentierte Hannah. Vor lauter Kämmen konnte man das Federvieh gar nicht sehen.

»Und doch werde ich dir einen kaufen!«, insistierte Amando, »der ist unser Symbol, und er wird bestimmt auch dir Glück bringen. Welchen möchtest du haben?«

»Die sehen doch alle gleich aus!« Hannah studierte die floralen Muster auf den Flügeln, gepunktete Blümchen in Gelb, Weiß und Blau. Darauf die beiden geschwungenen roten Herzen. Wie Sprech-blasen ohne Text.

»Eines Tages kam ein Pilger auf dem Weg nach Santiago de Compostela durch Barcelos«, erzählte Amando, »und da man gerade jemand zum Hängen brauchte, wurde er verhaftet. Die Polizei konnte nämlich eine Serie von Diebstählen nicht aufklären. Im Schnellver-fahren wurde der Pilger abgeurteilt. Er sollte gehängt werden. Der Richter, der ein Hähnchen vor sich stehen hatte, das er nach dem Schuldspruch zu verspeisen gedachte, wollte den vermeintlichen Dieb schon abführen lassen, da rief dieser: ›Ich bin unschuldig, Euer Ehren! Der Hahn auf Ihrem Teller wird krähen, um meine Unschuld zu beweisen! Bleibt er stumm, können Sie mich hängen lassen!‹ Und was glaubst du, was geschah? Das geröstete Hähnchen krähte los. Der Richter war dermaßen erschrocken, dass er sofort seinen Spruch änderte und den Mann laufen ließ. So jedenfalls erzählt es eine Legende aus dem 14. Jahrhundert. Der Pilger ließ zum Dank ein Wegekreuz errichten, das man im Museum von Barcelos besichtigen kann. Darauf ist das tote Hähnchen, das krähte, gut zu erkennen.«

Hannah wählte ein besonders kleines Exemplar des Glücksbringers aus. Sie würde es zu Hause zu den Steh-Rümchen stellen, den Souvenirs aus aller Welt, die in ihrer Wohnung rumstanden und verstaubten. Das leuchtende Rot des Hahnenkamms gefiel ihr.

Hannah und Amando mussten eine Zeit lang anstehen, bevor sie einen Tisch im *Restaurante Apúliense* zugewiesen bekamen. Sie waren nach dem Besuch auf dem Wochenmarkt so hungrig geworden, dass sie ihre Rundfahrt vorzeitig beendeten. »Aber morgen müssen wir unbedingt nach Porto«, hatte Amando gesagt, »du hast es mir versprochen. Und diese Nacht wirst du sicher niemals vergessen.«

Schon von ferne konnte man die Tavernen am Strand zwischen Ofir und Apúlia erkennen. Vom offenen Holzkohlengrill stiegen Rauchfahnen auf. »Hier hat Frau Alexandra jeden Tag frische Fische«, stand über einem der kleinen Restaurants.

Hannah studierte die Speisekarte.

Das Angebot war so reichhaltig, dass sie große Mühe hatte, etwas auszuwählen. Sollte sie lieber die *feijoada de mariscos* einen Bohneneintopf mit Meeresfrüchten, oder *peixe espada*, Schwertfisch mit Kartoffeln und Mangold, essen?

Ohne sie zu fragen, hatte Amando für jeden sechs Sardinen bestellt. *Sardinhas assadas simples.* Mit Zwiebeln und Petersiliensauce, erklärte Amando: »Unübertrefflich frisch!«

Er erzählte, wie sein Vater, nachdem er den Job bei der Druckerei in Porto bekommen hatte, in diesem Lokal mit all seinen Freunden gefeiert habe. »Es gibt Fotos von diesem Fest, auf denen erkennen sich selbst diejenigen nicht wieder, die dabei gewesen sind.«

Amando stand auf. Er wolle sich vor den Sardinen noch die Hände waschen. »Denn die isst hier niemand mit Messer und Gabel. Aber du musst es ja wissen, schließlich bist du die Mörderin der Fische.«

Hannah schaute sich um.

Kein einziger Stuhl im Lokal war frei. Die Kellner lachten und schwitzten, am Tresen wurden ständig die Karaffen mit Wein nachgefüllt. Von den Desserts, die durch die Küchenluke gereicht wurden, konnte man schon beim Anschauen satt werden.

Als der junge Kellner Hannah eingeschenkt hatte, forderte er sie auf, den Wein gleich zu probieren.

Hannah war so durstig, dass sie das Glas in einem Zug leerte.

Wo nur Amando blieb? Hatte er irgendeinen Bekannten getroffen? Wenn er schon häufig in diesem Lokal gewesen war …

»Könnten Sie nach dem Essen ein Porträt von mir malen?«, fragte ein Mann, der sich als Besitzer des Lokals vorstellte.

»Woher wissen Sie, dass ich Malerin bin?«

Der Gastwirt mit den feinen Gesichtszügen legte den Finger an die Lippen. »Essen Sie erst mal. Wenn Sie nicht wollen, können Sie meine Bitte natürlich auch abschlagen.«

Ohne ihre Antwort abzuwarten, ging er weg.

Erst kamen die Sardinen, dann tauchte Amando wieder auf.

»Ich war in der Küche, da arbeitet ein Freund meines Vaters. Ich hab uns ein Menü zusammengestellt, weil du dich nicht entscheiden kannst.«

Als Hannah an dem kleinen Handwaschbecken stand, sah sie die Bilder. Der Hausherr, gemalt von mehr als einem Dutzend Künstler. Mal als Karikatur, zwei Sardinen ragten aus seiner Nase, er sah wie ein Walross aus, zusammengesetzt aus lauter Farbpünktchen, mal als König der Fische mit Krone und Heiligenschein oder als eleganter Dandy, der Maler hatte ihn mindestens zwanzig Jahre jünger gemacht.

Als zweiten Gang gab es Schweinekoteletts mit Bohnen und Reis. Das Fleisch war zart und leicht mit Rosmarin gewürzt. Hannah stibitzte Amando ein Stück vom Teller. »Wir können uns ja noch eine Portion bestellen«, meinte sie lächelnd.

Pera bêbeda, betrunkene Birne in Rotwein, *clarinhas caselinas*, Zimtküchlein, und *rabanadas*, Weihnachtsküchlein in Orangensauce – Hannah musste von allen Nachtischspezialitäten kosten.

Als der Besitzer nach dem Essen wieder an ihren Tisch trat, sagte sie: »Ein voller Bauch malt nicht gut«, aber sie bat Amando, ihre Utensilien aus dem Wagen zu holen.

Während des Essens waren ihr schon ein paar Ideen gekommen.

Der Wirt als Schwertfisch mit einer langen Sägenase oder aus einer aufgeklappten Muschel herausschauend. Der Wirt als Fakir auf seinem Grill sitzend oder als Kind, das enttäuscht auf einen Teller blickte, auf dem ein halber Hahn lag.

Sie bat den Gastwirt, sich an den Nachbartisch zu setzen, nahm den Zeichenblock auf die Knie und begann mit geübter Hand, sein Gesicht zu skizzieren.

Hannah hatte sich entschieden, ihn ohne Accessoires, ohne verfremdenden Witz zu malen. In dem ihr eigenen Stil. So selten sie auch in ihrem Leben Porträts angefertigt hatte. »Menschen zu zeichnen ist nicht gerade Ihre Stärke, Hannah«, hatte Professor Walle in der Malklasse ausgerufen.

Amando saß neben ihr.

Immer wieder kamen Gäste vorbei, um sich das entstehende Bild anzuschauen.

Auch die Kellner blieben stehen und pfiffen beeindruckt durch die Zähne.

Der Koch stellte der Malerin einen Nachtisch hin. Aus geschlagenem Eiweißschaum und karamellisiertem Zucker.

Hannah hörte, wie die beiden Männer über sie tuschelten. »Die darfst du nicht mehr von der Angel lassen«, meinte der Koch gar nicht mal leise zu Amando.

Der Besitzer des Lokals konnte es kaum erwarten, das Porträt zu sehen, aber Hannah bat ihn, geduldig zu sein.

Ab und zu trank sie einen Schluck Wasser.

»Fertig«, rief sie und drehte das Zeichenblatt um.

Der Wirt war begeistert.

Die Kellner und die Gäste klatschten.

Amando küsste Hannah auf den Nacken.

Sie war ein wenig erschöpft. Probierte aber sofort die Kreation des Kochs. Der Eiweißschaum gondelte in einem See aus Vanillesauce und Mandellikör. Wie Wellenkronen auf dem Meer.

Als sie eine halbe Stunde später die Rechnung bestellten, brachte der Hausherr sie ihnen persönlich an den Tisch.

Statt Zahlen stand auf dem Zettel nur ein Wort: »Danke!«

19

Der Buchladen Lello & Irmãos in der *Rua das Carmelitas* glich einem neogotischen Kirchenschiff. Reich verzierte Holzregale an den Längsseiten, tief hängende Lampen über den Büchertischen, eine dunkelrote Treppe führte auf die Empore, wo Holzbänke mit Lederpolstern zum Schmökern einluden. In der Mitte der geschnitzten Kassettendecke ein farbiges Glasfenster mit dem Exlibris der Buchhandlung. Der portugiesische Dichter Abel Bothelo schrieb bei der Eröffnung des Buchladens 1906 ins Gästebuch: »Einen so schönen Tempel dem göttlichen Kult der Idee und des Gefühls zu errichten ist ein verdienstvoller Akt.«

Kaum hatten Amando und Hannah den Buchladen in Porto betreten, unterbrachen die Verkäufer ihre Gespräche.

»Der schöne Amando ist wieder da«, riefen sich die weiblichen Angestellten zu, »elegant wie immer. Sein weißer Hut leuchtet. Diese Lippen, mein Gott, diese Lippen.«

»Hier hatte ich die Ehre, meinen Beruf erlernen zu dürfen«, sagte Amando, nachdem er Hannah das gesamte Personal vorgestellt hatte. »Wer hier gelernt hat, der muss sein Metier lieben. Bei Lello werden die Bücher wie Edelsteine behandelt und wie Schmuckstücke in würdigem Rahmen präsentiert.«

»Na ja«, fügte der Besitzer José Manuel Lello hinzu, »gelegentlich wollen wir auch mal ein Buch verkaufen. Aber wenn Amando kommt und uns von seinen neuesten Lieblingsbüchern vorschwärmt, dann können wir gar nicht anders, als großzügig zu ordern. Einem so charmanten Buchvertreter kann niemand widerstehen.«

Hannah betrachtete die geschnitzten Tierköpfe an jedem Treppenabsatz, die Intarsien auf dem Holzfußboden, die florale Ornamentik zwischen den Buchregalen. Wie hatte der Maler José Vila in Mexilhoeira Grande gesagt: Hingabe und Respekt braucht die Kunst. Die geschwungenen Geländer, die auf die Empore führten, waren frisch gewachst. Im Glanz des Eichenbrauns konnte Hannah die schöne Maserung des Holzes verfolgen. Die antiquarischen

Bücher wurden hinter spitz zulaufenden Glasschränken ausgestellt. Sie waren der ganze Stolz von Jose Manuel Lello.

Besonders gefielen Hannah die Lampenschalen auf der Galerie, gläserne Tetraeder, die auf der Spitze standen. Ihr warmes gelbes Licht schaffte eine ruhige Atmosphäre.

Am liebsten hätte sie sich einen dicken Roman aus dem Regal genommen und hier den ganzen Tag gelesen.

»Wir müssen uns beeilen, wenn wir das Schiff noch bekommen wollen«, sagte Amando, der sich die ganze Zeit mit dem Besitzer des Buchladens unterhalten hatte. »Du wolltest doch unbedingt ein Motiv von der Flussseite auskundschaften, Hannah!«

Sie verabschiedeten sich schnell. Die Buchhändlerinnen seufzten, als sich Amando über die Unterlippe strich. »Hoffentlich weiß diese Deutsche zu schätzen, was sie an ihm hat«, sagte eine von ihnen.

Über die *Rua dos Mercadores* gelangten sie zum Hafen.

Am *Cais da Ribeira* wartete ein Boot, mit dem auf dem Douro Ausflugsfahrten veranstaltet wurden. Amando hatte die »Vier-Brücken-Tour« gebucht.

Hannah erinnerte sich an den Jongleur, mit dem sie in Lissabon auf dem Tejo gefahren war. Wie hieß er noch? Ernesto? Ob ich mich auch in den verliebt hätte?

Sie unterquerten die zweistöckige Brücke *Dom Luís 1.* das Wahrzeichen Portos, das wie ein liegender Eiffelturm aussieht. »Die meisten Besucher glauben, Gustave Eiffel hätte sie konstruiert, aber wir Portuenser wissen, dass es sein Assistent Seyring war. Die Eiffelbrücke kommt erst noch«, erklärte Amando.

Hannah hatte ihre Kamera herausgeholt.

Sie wollte den Augenblick festhalten, wenn ihr Boot direkt unter einer Brücke durchfuhr.

Auf der rechten Seite des Flusses lag Vila Nova de Gaia, wo sich ein Portwein-Unternehmen ans andere reihte. Alle großen Namen waren vertreten: von Sandeman über Ferreira bis zu Ramos Pinto und der Real Companhia Velha.

»Vielleicht haben wir noch Zeit, einen Weinkeller zu besuchen. Morgen wird das wohl nichts werden – da schläft Porto aus.«

Nun erreichten sie die *Ponte Maria Pia*, die älteste Brücke, die 1877 von Eiffel konstruiert worden war, sie bildete das letzte Teilstück der Eisenbahnlinie zwischen Lissabon und Porto.

Hannah gelang es gleich beim ersten Mal, ein Foto von der stählernen Konstruktion zu machen, die hoch oben über ihnen zu schweben schien.

»Willst du diesen Blick malen?«, fragte Amando.

»Vielleicht. Zunächst sammle ich, dann wähle ich aus, und zum Schluss male ich!«

»Wie ein deutsches Uhrwerk«, neckte Amando sie.

Er strich über ihre Locken.

Auf der Porto-Seite passierten sie die renovierten Häuser, die in leuchtenden Farben angestrichen waren. Birnengelb wechselte sich mit Rostrot ab, Marineblau mit Bohnengrün.

Als sie die dritte Brücke, *Ponte São João*, passiert hatten, wendete das Ausflugsboot.

Hannah war begeistert.

Nun hatte sie drei Brücken im Bild, die beide Ufer des Douro überspannten.

Sie schoss eine ganze Serie von Fotos.

»Wie durch diese massiven und zugleich luftigen Konstruktionen eine feste Verbindung geschaffen wird«, sagte sie zu Amando, »das werde ich malen. Mein Porto-Motiv!«

Als sie über den Anleger das Schiff in *Ribeira* verlassen hatten, sagte Amando, er müsse jetzt zu seiner Familie und könne Hannah nicht mehr ins Hotel begleiten. Sein Vater sei bestimmt schon ganz ungeduldig.

»Ich denke, du solltest so gegen sechs bei uns sein.«

Amando sah Hannah prüfend an. »Du kommst doch, oder?«

»Natürlich komme ich, wenn ich so freundlich eingeladen werde!«

Er küsste sie.

Hob seinen rechten Zeigefinger.

»Ich möchte nicht allzu lange auf dich warten ... oder dich wieder mal suchen müssen.«

Von ihrem Zimmer im *Hotel da Bolsa* rief Hannah sofort Antonio in Lissabon an.

»Es klappt«, sagte sie aufgeregt.

»Was klappt?«, wollte Antonio wissen. »Weißt du, wie lange ich schon nichts mehr von dir gehört habe? Ich habe dich überall suchen lassen! Du kannst nicht einfach abtauchen. Ich mache mir jedes Mal große Sorgen um dich, was glaubst du …«

»Die Ausstellung klappt!«

Antonio glaubte, sich verhört zu haben, und fragte noch mal nach.

»Wenn ich es doch sage, ich schaffe den Termin!«

Der Galeriebesitzer konnte es nicht fassen. Am liebsten wäre er in den nächsten Zug nach Porto gestiegen, um mit ihr São João zu feiern. »Dann könnten wir die verrückteste Nacht des Jahres gemeinsam begehen.«

Hannah musste ihre Reise Station für Station erzählen. Wie sie Amando in Pinhão wieder getroffen hatte. »Er war nur gekommen, um mit mir abzurechnen, aber dann war er so einfühlsam zu spüren, dass ich ihn wirklich brauchte.« Der Aufenthalt im *Vidago Palace Hotel* mit dem etwas peinlichen Ende. »Die Gesichter der stocksteifen Kellner hätte ich gerne fotografiert.« Der Sprung ins Wasserbecken, den Amando mit blauen Flecken bezahlt hatte. »Ich habe gedacht, mein Herz hört für immer zu schlagen auf.« Der Besuch bei Jacintos Eltern, die ihr keinerlei Vorwürfe gemacht hatten. »Warum habe ich mich denn in diesen zwei Jahren vor ihnen gefürchtet?« Der Abschied am Grab. »Du kennst ja das Foto von Jacinto auf dem Holzkreuz. Stammt das von dir?«

Und dann die Befreiung: am Strand von Ofir. Das erste Bild, das ihr wieder gelungen war.

»Es wird aber kein Rahmen zu sehen sein, Antonio«, sagte Hannah. Voller Selbstbewusstsein.

»Du bist die Künstlerin. Das entscheidest du ganz allein. Hauptsache, die Bilder werden rechtzeitig zur Vernissage fertig.«

Hannah erwiderte: »Du brauchst dir keine Sorgen zu machen. Ich schaffe es. Auch mit Amandos Hilfe.«

»Bist du sehr in ihn verliebt?«, fragte Antonio.

»Über alle Grenzen. Aber ich weiß nicht, ob er mir verzeihen kann, wie ich ihn in Fátima behandelt habe.«

»Das war sicher ein Schock für ihn, aber es wird bestimmt nicht das letzte Mal gewesen sein. So wie ich dich kenne. Besser, er gewöhnt sich rechtzeitig an deine Eskapaden.«

Hannah bat Antonio, möglichst bald Friedrich Nötzeler in Worpswede Bescheid zu geben.

Auf der Fahrt im Taxi ging Hannah in Gedanken die Motive durch, die sie zu malen beabsichtigte. Einen Teil der Ausstellung würden ihre gewohnten Fensterblicke ausmachen, großflächige, harmonische Landschaften im fest gefügten Rahmen, aber andere, wie das Bild der zusammenfließenden Wasser in Ofir, würden keinen solchen benötigen. Auch wenn sie damit auf ihr wichtigstes Erkennungszeichen verzichtete. Ich habe wohl immer nur die schöne Seite des Lebens gemalt, dachte sie.

»Kommen Sie zum Fest heute Nacht?«, fragte der Taxifahrer, als sie vor dem Haus in der *Rua do Douro* anhielten.

»Na sicher! Ich bin herzlich eingeladen worden«, erwiderte Hannah. Im Spiegel auf der Rückseite der Sonnenblende sah sie einen kurzen Augenblick ihre gelöste Miene.

Amandos Vater hatte einen vollen weißen Haarschopf. Beinahe in der Farbe, in der sein Sohn die Hüte trug.

»Sie sind also dat Mädschen, von demm unser Amando so schwärmen dät«, sagte er in breitestem Kölsch, um dann in Portugiesisch fortzufahren, er habe diesen Satz mit Hilfe seiner Töchter einstudiert, um Hannah zu begrüßen, leider habe er sein Deutsch fast vollständig verloren.

Amandos Stiefmutter bot Hannah ein Glas Portwein zur Begrüßung an. Aus Köln waren seine beiden Schwestern, Isabel und Maria, angereist, mitsamt ihren Familien.

Hannah schüttelte viele Hände, dat ist der Jupp, lächelte in viele Gesichter, und dat is dat Jenny, nickte einigen Tanten und Onkeln zu. Sie sollen eine berühmte Malerin sein, bekam sie häufiger zu hören.

»Gleich wird er zu seiner Lieblingsanekdote ansetzen!«, flüsterte Amando ihr zu. Hannah hatte sofort verstanden. Da hieß es ein aufmerksames Gesicht machen.

In der Küche wurde ein kleiner Imbiss vorbereitet. Nur ein Appetithäppchen, sagten die Schwestern, denn zu essen gebe es in der Nacht des São João wahrlich genug.

»Können Sie sich eigentlich noch an den Portugiesen mit dem Moped erinnern?«, fragte Amandos Vater.

Hannah schaute verständnislos.

»Ich war in dem gleichen Zug wie Armando Sar Rodriguez. Ganz kurz dahinter. Wenn ich vor ihm ausgestiegen wäre, dann hätte ich es auf das Bild geschafft. Es war ja ein ziemlicher Auflauf auf dem Bahnsteig in Köln-Deutz. Keiner von uns sprach auch nur ein Wort Deutsch. Als dann plötzlich die Kameras klickten, die Wochenschau war auch da und drehte, wusste niemand, was eigentlich los war. So einen Empfang hatte niemand von uns erwartet. Armando bekam ein Moped geschenkt, weil er der einmillionste Gastarbeiter gewesen sein soll. Auf den Fotos können Sie ihn sehen, wie er etwas verloren in seinem schäbigen Anzug ohne Schlips hinter dem Moped steht. Wir dachten, sind wir Arbeiter als Gäste in Deutschland wirklich so willkommen, dass sogar die Zeitungen über uns berichten? Na ja, Sie wissen ja selbst, dass es nicht so war. Ich musste jedenfalls vier Jahre in einer Baracke wohnen, in der es im Winter so kalt war, dass ich nachts nicht einschlafen konnte. Aber dann wendete sich das Blatt für mich. Ich hatte in Porto Drucker gelernt, und beim Kölner Stadt-Anzeiger wurde eine Stelle frei. Inzwischen konnte ich ganz gut Deutsch und hab die Arbeit gekriegt.« Amandos Vater holte tief Luft. »Was aus dem berühmten einmillionsten Gastarbeiter geworden ist, habe ich erst später erfahren. Er konnte seinen plötzlichen Ruhm nicht ertragen, hat ein paar Jahre immer wieder die Stelle gewechselt und ist dann enttäuscht nach Portugal zurückgekehrt.«

Wer hatte noch gesagt, jeder Mensch könne fünf Sekunden weltberühmt sein, dachte Hannah. War das nicht Andy Warhol gewesen?

Während sie sich mit Isabel aus Köln unterhielt, bat Amandos Vater seinen Sohn in den Garten.

»Und? Wie steht es zwischen euch beiden?«, fragte er.

Amando zögerte, bevor er antwortete, es habe sich alles wieder eingerenkt.

»Wollt ihr denn heiraten?«

»Nicht so stürmisch, Papa, noch kannst du die Hochzeitskarten nicht drucken lassen.«

»Darum geht es mir nicht, Amando.«

Isabel füllte die grünen Oliven mit einer frisch angerührten Sardellenpaste.

»Du musst bei Amando ganz schön aufpassen, Hannah. Der kommt viel rum und lässt nix anbrennen.«

»Den Eindruck hatte ich bisher nicht.« Hannah nahm sich eine gefüllte Olive und probierte diese Köstlichkeit.

»Vor der Hochzeit geben sich immer alle Männer supertreu, glaub mir, aber danach …«

»Wer denkt denn an Hochzeit?«, unterbrach Hannah Amandos jüngste Schwester. Sie naschte eine weitere Olive.

»Du weißt, dass unsere Ehe daran zerbrochen ist!«, sagte Amandos Vater. »Die Unterschiede zwischen uns konnten nicht ausgeräumt werden.«

»Mama war eine eingefleischte Rheinländerin, die hat sich einfach nicht verpflanzen lassen, Papa. Das weißt du ganz genau. Die kam mit unseren Gewohnheiten nicht klar. Eine Kölnerin in Porto! Wie soll das gut gehen? Hannah ist ganz anders.«

»Wie anders?«

»Hannah sitzt nicht an einem Fleck und wartet, dass die Welt bei ihr vorbeikommt. Die hat schon viele Länder bereist. Daran würde unsere Beziehung nicht scheitern.«

»Ich wünsch euch viel Glück, mein Junge!« Amandos Vater hatte eine Gartenschere in die Hand genommen, um zwei Hortensienblüten abzuschneiden. Er liebte es, jeden Tag frische Blumen in die Wohnung zu stellen.

Isabel verteilte die Plastikhämmerchen. Vor Jahren waren sie fünfundzwanzig Zentimeter lang, nun dagegen fast doppelt so groß. Warum das Schlagen mit dem Hämmerchen auf den Kopf des Nebenmanns Glück bringen sollte, hatte Hannah nicht in Erfahrung bringen können. Es war eine Tradition. Jeder machte es in der Nacht von São João. Jenem Fest, bei dem Porto über die Ufer ging.

Sie stiegen in die Straßenbahn, um sich ins Zentrum der Stadt bringen zu lassen.

»Wir scheinen nicht die Einzigen zu sein, die auf diese Idee gekommen sind«, sagte Hannah.

Die Bahn war so voll aufgedrehter Portuenser, dass sie sich an Amando festhalten musste. Es wurde gelacht, gesungen, Rotwein aus Ballons getrunken und immer wieder mit den Plastikhämmerchen dem Vordermann auf den Kopf gehauen. Plopp, plopp. Jedes Mal war ein quietschendes oder quäkendes oder schräges Plopp zu hören.

Kurze Zeit später hielt die Straßenbahn an.

Über den Lautsprecher kam die Ansage, die Fahrt sei beendet. Es gebe kein Durchkommen mehr.

Die Fahrgäste waren keineswegs entrüstet.

»Letztes Jahr sind wir auch nicht weiter gekommen«, rief einer.

Der Fahrer setzte sich seine Mütze auf, nahm sein Plastikhämmerchen und verließ seinen Sitz.

Plopp. Plopp.

Es dauerte einige Minuten, bis Amandos Vater als Letzter der Familie aus der Straßenbahn gestiegen war.

Er hakte sich bei Hannah unter.

»Dass mir da keine Klagen kommen!«, sagte Amando auf Deutsch.

»Ich habe eine Schwäche für silberhaarige Männer«, setzte Hannah hinzu, »wusstest du das noch nicht?«

Kaum hatten sie *Ribeira* erreicht, stockte der Strom.

Die Altstadt war in Licht getaucht.

Im Fluss spiegelten sich die Scheinwerfer wider.

Die Brücken leuchteten. Jede in einer anderen Farbe.

Wie Millionen Glühwürmchen erstrahlte Porto in dieser Nacht des Johannisfestes, das jedes Jahr vom 23. auf den 24. Juni begangen wurde.

Plopp, plopp.

Diesmal hatte Hannah ihr Hämmerchen Amandos Vater auf den Kopf geschlagen.

»Du lernst schnell«, sagte der alte Herr bewundernd.

Sardinenstände, soweit das Auge reichte. Gegrillte Paprika und *broa*, Maisbrot. Es gab *caldo verde*, grüne Suppe, aus riesigen Töpfen. Ein Duft Knoblauch und Basilikum lag in der Luft.

Hannah sah, dass jemand einen kleinen Kräutertopf geschenkt bekam. Die Blätter sahen aus wie Basilikum, waren aber kleiner. Sie fragte Isabel, was es damit auf sich habe.

»Das ist *manjerico*, den schenkt man Leuten, die man gern hat. Siehst du den kleinen Zettel, der auf einem Stück Draht in dem Topf steckt? Darauf schreibt man zumeist Bitten an den heiligen Johannes oder kleine Verse für den Liebsten, aber manchmal mokiert man sich auch über die Person, die man beschenkt.«

Hannah fragte, wo sie so einen Kräutertopf kaufen könne.

»Wenn ich einen Stand sehe, holen wir uns welche!«, rief Isabel ihr zu.

Die Musik hatte wieder eingesetzt.

Die Menschen begannen zu tanzen, so wenig Platz ihnen auch zur Verfügung stand.

Hannah schaute sich nach Amando um.

Er war nirgends zu entdecken.

Beim Freimarkt hatten die Eltern die Kinder immer an einer Kordel miteinander verbunden, damit sie im Gedränge nicht verloren gingen.

»Dat hier ist verrückter als de kölsche Karneval«, rief Maria, »janz Porto is jeck in dieser Naacht!«

Mit einem Brenner wurde Luft unter Seidenpapierballons erwärmt. Wenn sie genug erhitzt waren, ließ man sie schnell los. Der Himmel war voll farbiger Ballons.

»Hast du Amando gesehen?«, fragte Hannah mit lauter Stimme.

Isabel hob die Schultern. Antwortete aber nichts.

Wieder schlug jemand Hannah mit dem Hämmerchen auf den Kopf.

Hörte das denn nie auf?

Plopp, plopp.

Amandos Vater hatte ein paar Bekannte getroffen. Mühsam hielten sie sich aneinander fest, um nicht weggeschoben zu werden.

»Das geht bis zum frühen Morgen so. Auf jeden Fall müssen wir um Mitternacht auf einer der Brücken stehen. Von dort kann man das Feuerwerk am besten sehen«, rief Isabel. Ihre Stimme drang kaum zu Hannah durch.

In diesem Moment erblickte sie Amando.

Langsam drängelte er sich durch die Menge.

Es dauerte eine Weile, bis er seine Familie wieder erreicht hatte. Hinter seinem Rücken hielt er etwas versteckt.

Amando küsste Hannah auf den Mund.

»Hast du mich etwa vermisst?« Ohne ihre Antwort abzuwarten, kam seine Hand nach vorne.

»Für dich!«, sagte er.

Das *Manjerico*-Töpfchen passte in seine Handfläche. Er ist mir zuvorgekommen, dachte Hannah.

Zwischen den grünen Blättchen entdeckte sie einen Zettel.

Hannah rollte ihn auf und erkannte Amandos feine Handschrift.

Wie geht es zu, dass die Liebe möglich ist?
Wie geht es zu, dass sie nicht möglich ist?
Was ist wichtiger:
Die Geschichte einer Liebe?
Oder eine Liebe in der Geschichte?

Nachwort

Bei einem abendlichen Spaziergang am Felsenstrand von Praia da Rocha flog im April 1984 eine einmotorige Maschine ziemlich dicht über unsere Köpfe hinweg. Damals kamen wir auf die Idee, hier einen Kriminalroman beginnen zu lassen. Er spielte in den letzten drei Wochen vor der portugiesischen Revolution im Jahre 1974, der sogenannten Nelken-Revolution, und hatte den Titel »Tod in der Algarve«.

Seitdem haben wir, nicht zuletzt für dieses Buch, Portugal immer wieder bereist. Alte Freundschaften wurden gefestigt und neue Freunde hinzugewonnen. Bei unseren Recherchen erweisen sich nicht nur die eigenen Reise-Eindrücke, sondern vor allem die Gespräche mit Landsleuten immer als sehr anregend.

Einigen von ihnen sei hier gedankt: Maria, José und Monika Duarte in Alfambras, unseren ältesten Freunden in Portugal; Manuel und Rosa Romão in Lagôa; José Vila in Mexilhoeira Grande; Uwe Schemionek in Monchique; Gunnar Weiss in Lissabon; Isabel Galhano in Porto; Lilia Bussmann aus Osterholz-Scharmbeck, Maria Santos da Silva und Urte Seidel in Bremen und unserer Lektorin Birgit Schmitz in Köln.

Reiseführer mit wertvollen Tipps für unsere Arbeit, neben vielen anderen Büchern:

Marita Korst, *PortugalHandbuch*, Reise Know-How Verlag, Rappweiler, 5. Aufl. 2000

Michael Müller, *Portugal*, Michael-Müller-Verlag, Erlangen, 16. Aufl. 1999

Rolf Osang, *Portugals Norden*, DuMont Buchverlag, Köln, 4. Aufl. 2000

Und wie immer die guten Artikel in GEO SAISON.

Das Zitat am Ende des Romans stammt aus dem Buch »Neue portugiesische Briefe« von Maria Isabel Barreno, Maria Teresa Horta und Maria Velho da Costa aus dem Jahre 1973, übersetzt von Ludwig Graf von Schönfeldt.

Jürgen und Marita Alberts

Nachbemerkung Las Palmas 2017:
Der vorliegende Text ist eine leicht überarbeitete Fassung des Ebooks aus dem Jahre 2015)